LEONIS
LA LIBÉRATION DE SIA

Dans la série Leonis

Leonis, Le Talisman des pharaons, roman, 2004.

Leonis, La Table aux douze joyaux, roman, 2004.

Leonis, Le Marais des démons, roman, 2004.

Leonis, Les Masques de l'Ombre, roman, 2005.

Leonis, Le Tombeau de Dedephor, roman, 2005.

Leonis, La Prisonnière des dunes, roman, 2005.

Roman pour adultes chez le même éditeur

Le Livre de Poliakov, roman, 2002.

MARIO FRANCIS

Leonis
La Libération de Sia

Les Éditions des Intouchables bénéficient du soutien financier de la SODEC, du Programme de crédits d'impôt du gouvernement du Québec, du PADIÉ et sont inscrites au Programme de subvention globale du Conseil des Arts du Canada.
Nous reconnaissons l'aide financière du gouvernement du Canada par l'entremise du Programme d'aide au développement de l'industrie de l'édition (PADIÉ) pour nos activités d'édition.

LES ÉDITIONS DES INTOUCHABLES
2316, avenue du Mont-Royal Est
Montréal, Québec
H2H 1K8
Téléphone : (514) 526-0770
Télécopieur : (514) 529-7780
www.lesintouchables.com

DISTRIBUTION : PROLOGUE
1650, boulevard Lionel-Bertrand
Boisbriand, Québec
J7H 1N7
Téléphone : (450) 434-0306
Télécopieur : (450) 434-2627

Impression : Transcontinental
Infographie, logo et maquette
de la couverture : Benoît Desroches
Illustration de la couverture : Émmanuelle Étienne

Dépôt légal : 2006
Bibliothèque nationale du Québec
Bibliothèque nationale du Canada

ISBN 2-89549-204-2

1
LE SAUVEUR PERDU

Une atmosphère lugubre planait dans le sobre décor de la salle du trône du palais royal de Memphis. Les dignes personnages qui s'y trouvaient avaient tous les traits tirés. Le pharaon Mykérinos faisait songer à un roi déchu. Des cernes sombres entouraient ses yeux. Il avait les joues creuses et le teint bilieux. Assis sur son trône, le dos courbé et la tête enserrée entre ses mains, le souverain fixait le sol de dalles. Il ne portait qu'un pagne et un large collier de lamelles d'or serties de pierres précieuses. Son crâne rasé était nu. Trois individus se tenaient devant lui. Ce trio était composé du vizir Hemiounou, du grand prêtre Ankhhaef et du commandant Neferothep. Dans un silence respectueux, ces honorables hommes attendaient que Pharaon prît la parole. Mykérinos leva la tête. Il se redressa lentement avant de lâcher un long soupir. D'une voix sans timbre, il déclara :

— Messieurs, la nuit est tombée sur le vaste empire d'Égypte. La journée a dû être fort éprouvante pour vous. Je ne compte pas vous retenir longtemps. Je vous ai sans doute tirés de votre précieux sommeil. Nous avons tant besoin de ces heures de repos…

Avec un geste d'apaisement, le vizir Hemiounou intervint:

— Sois rassuré, Pharaon. Tout comme toi, nous sommes tourmentés. Malgré le calme et la fraîcheur de la nuit, nos yeux demeurent ouverts comme ceux des poissons. Ankhhaef, Neferothep et moi ne dormions pas lorsque tu as sollicité notre présence.

Mykérinos se mit debout. Il était grand et athlétique. La lueur des flambeaux faisait briller sa peau ointe d'huile. Le pharaon descendit les marches façonnées dans le socle de granit de son trône. Il s'approcha du petit groupe et déclara:

— Je suis un mauvais roi, mes braves amis. En chassant mon cousin Baka du trône, j'avais alors le désir de semer la joie dans le cœur du peuple d'Égypte. Pour ravir les yeux de mes sujets, je leur ai rouvert les portes des temples qui demeuraient closes depuis le règne de Khéops. J'ai convié les hommes à voir de nouveau la lumière des dieux en leur permettant, après presque soixante années d'interdiction, de renouer avec les rituels et les sacrifices. Il y a peu, j'ai annoncé la libération des esclaves de sang égyptien… J'ai voulu être juste et bon. Toutefois, mes décisions semblent déplaire au dieu-soleil. Je n'ai pas la rigueur de ceux qui ont régné avant moi. Je commence à croire que Rê juge le peuple indigne de recevoir les bienfaits que je lui offre… Peut-être serait-il préférable que je cède le trône à l'un de mes fils…

— Cet acte serait téméraire, ô roi! observa le vizir. Aucun de tes fils ne serait prêt à diriger l'Empire. Le prince Chepseskaf est l'aîné de tes garçons. Il est cependant beaucoup trop jeune pour accéder au trône.

Mykérinos eut une moue de dépit. L'air songeur, il dit:

— La reine Khamerernebty ne m'a donné qu'un seul enfant. Il s'agit d'Esa, ma chère fille. Elle a plus d'importance dans mon cœur que ma vie elle-même. Elle est belle comme Hathor et je sais qu'elle possède déjà toutes les qualités pour me succéder. Toutefois, nous savons tous qu'aucune femme ne siégera jamais sur le trône d'Égypte. Mes épouses secondaires m'ont donné des fils, mais, pour le moment, aucun d'eux n'est apte à régner sur les Deux-Terres[1]. Tu as raison,

---

1. LES DEUX-TERRES: LE ROYAUME COMPORTAIT LA BASSE-ÉGYPTE ET LA HAUTE-ÉGYPTE. LE PHARAON RÉGNAIT SUR LES DEUX-TERRES.

Hemiounou : Chepseskaf est beaucoup trop jeune. Il est probable qu'une autre dynastie chassera bientôt celle que je représente. Il est honteux d'être le dernier roi de sa lignée. Tout indique que je n'ai pas l'étoffe des illustres pharaons qui m'ont ouvert le chemin. Khéops régnait en despote. Pourtant, sa grande pyramide fut érigée dans la ferveur et la fierté de son peuple. Mon père Khéphren a suivi l'exemple de son père en oppressant ses sujets. Ses yeux réjouis ont tout de même pu contempler sa pyramide. En ce qui me concerne, je ne verrai sans doute pas l'achèvement de mon monument d'éternité. Je traite les habitants des Deux-Terres avec bienveillance. Malgré tout, la construction de ma pyramide est constamment ralentie par des actes de sabotage. J'ai préservé le peuple de la disgrâce en chassant un roi qui voulait lui imposer le culte d'Apophis. J'ai expulsé le cruel Baka, mais je ne lui ai pas enlevé la vie. Rê ne m'a pas pardonné ce geste d'indulgence. Dans peu de temps, lorsque surviendra le grand cataclysme, l'Égypte connaîtra sa fin. Je suis un roi médiocre, messieurs. Mon père aurait fait la fierté de son père. Moi, le lamentable Mykérinos, je serai parvenu à ternir la gloire de notre divin sang. Dans un peu plus de deux ans, Rê exprimera son courroux et je serai le grand responsable de la destruction de ce glorieux royaume.

— La fin n'est pas encore là, Pharaon, fit remarquer le grand prêtre Ankhhaef. Tu es un grand roi. Ta main s'ouvre pour donner. La main de ton père demeurait fermée sur le fouet. Tu auras une longue vie. Tes sens connaîtront tous les ravissements. L'espoir ne doit pas quitter ton cœur.

Mykérinos balaya l'air de la main pour répliquer :

— Tu parles avec compassion, Ankhhaef. Tu ne parles cependant pas avec sagesse. Ces derniers temps, les adorateurs d'Apophis ont semé la mort dans trois villages de pêcheurs. Chaque fois, nos soldats sont arrivés trop tard. Nous n'avons aucune idée de l'endroit où se cache l'ennemi. Il y a des traîtres parmi les combattants de l'Empire. Baka est au courant des mouvements de nos armées. Ses troupes sont beaucoup moins importantes que les nôtres. Elles parviennent néanmoins à nous ridiculiser. Je ne suis pas naïf. Je sais que certains membres du clergé doutent désormais de mes capacités. Les administrateurs des nomes[2] du nord sont de plus en plus inquiets. Que dit-on de moi dans les demeures ? Le peuple n'est pas aveugle. Il n'est ni sourd ni muet. Bientôt, la rage des habitants du

2. Nome: division administrative.

royaume pourrait faire trembler l'enceinte de ce palais. Et puis… le sauveur de l'Empire a disparu sans laisser la moindre trace. Il est peut-être mort, maintenant…

— Leonis est toujours vivant, affirma Ankhhaef en serrant les poings. Il… il reviendra… Il faut croire en lui.

Le vizir Hemiounou émit un petit rire. Il bougea la tête de gauche à droite et lança :

— Tu as confiance en ton protégé, Ankhhaef. Seulement, il y a deux mois que Leonis et ses amis t'ont faussé compagnie. Tu penses qu'ils avaient une importante mission à accomplir, mais tu nous affirmes ne rien savoir de cette supposée mission. Je ne doute guère de ta bonne foi. Cependant, rien ne prouve que ces jeunes gens luttent encore pour assurer le salut de l'Empire. Depuis qu'ils se sont enfuis de la demeure de Thèbes, nous n'avons reçu aucune nouvelle d'eux. Leonis, Montu et Menna sont très jeunes. Il faut aussi tenir compte du fait que ce trio est formé de deux anciens esclaves et d'un gardien de portail. Devant l'ampleur de leur tâche, il est possible que nos héroïques amis aient baissé les bras…

Le grand prêtre leva un regard de défi sur Hemiounou. Il riposta avec impulsivité :

— L'enfant-lion n'est pas de ceux qui baissent les bras, Hemiounou ! Ne suis-je pas rentré à Memphis avec le deuxième des quatre coffres contenant les joyaux de la table solaire ? Ce coffre, c'est au péril de sa vie que le jeune Leonis l'a rapporté ! Il a affronté seul les pièges sordides que recelait le tombeau du grand voyant Dedephor ! L'enfant-lion et ses amis ont le courage de mille hommes ! Comment peux-tu douter de leur loyauté ?

Le commandant Neferothep renchérit d'une voix ferme :

— Sois assuré de mon respect, vizir. Tes paroles sont celles d'un homme judicieux. Mais doit-on encore t'éclairer au sujet de Leonis et de ses compagnons ? Les soldats que je commande appartiennent à l'élite. Pourtant, le jeune soldat Menna possède à lui seul la valeur de trois de mes meilleurs guerriers. Le sauveur de l'Empire et son copain Montu sont très jeunes. Malgré cela, je n'hésiterais pas à leur confier les plus périlleuses et les plus importantes missions. Je suis un meneur d'hommes. Je sais reconnaître la vaillance d'un combattant. En conséquence, je peux affirmer que Leonis et ses amis préféreraient mourir plutôt que de renoncer à leur quête. S'ils sont toujours vivants et qu'ils ne reviennent pas, c'est qu'ils n'ont pas encore mené à bien la mystérieuse tâche pour laquelle ils ont fui. S'ils ne donnent pas signe de vie, c'est parce qu'ils ne le peuvent pas. Il est probable qu'ils ont rejoint le royaume des Morts. Si c'est le cas, j'ai la certitude qu'ils ont combattu jusqu'au dernier de leurs souffles.

— Certes, l'enfant-lion est bien brave, approuva le pharaon. Après les prodiges qu'il a accomplis pour l'Empire, il serait malvenu de douter de sa bravoure et de sa loyauté. Toutefois, s'il est arrivé quelque chose de fatal à Leonis et à ses amis, nos chances de préserver le royaume de la fin des fins seront bien minces. Le deuxième coffre qu'Ankhhaef a rapporté de Thèbes est toujours fermé. Il n'est écrit nulle part que les joyaux qu'il contient doivent être révélés en présence de l'élu. À mon avis, nous ne pouvons plus attendre. Nous devrons bientôt procéder à son ouverture. L'indice conduisant aux prochains joyaux doit certainement se trouver à l'intérieur. S'il en est ainsi, nous enverrons une nouvelle équipe à la recherche du troisième coffre d'or.

Le grand prêtre Ankhhaef se racla la gorge et balbutia :

— Il... il ne faut pas... ouvrir le coffre, Pharaon... Nous... nous devons attendre encore... Je... je ne vous ai pas tout dit, messieurs. J'ai... j'ai menti en affirmant que je ne savais rien au sujet de l'étrange départ de Leonis.

Un lourd silence succéda aux aveux d'Ankhhaef. Une flamme d'indignation étincela dans le regard du vizir. Mykérinos observa le grand prêtre avec méfiance. Les lèvres tremblantes du souverain s'ouvrirent pour prononcer ces mots :

— Qu'est-ce que cela signifie, Ankhhaef ? Comment as-tu pu mentir à ton roi ?

— Je… je croyais que l'enfant-lion reviendrait vite, Pharaon… Le lendemain du départ de Leonis, je naviguais vers Memphis avec la ferme intention de tout vous révéler. Malheureusement, durant ce long voyage de retour, le doute s'est emparé de moi… En vous dévoilant les détails de la mission du sauveur de l'Empire, je risquais de passer pour un dément. Leonis m'a quitté pour accomplir une tâche tellement invraisemblable ! Vous m'en auriez voulu de l'avoir laissé partir pour un périple aussi dénué de sens.

— Tu as donc contribué à sa fuite ? demanda Mykérinos en fixant le grand prêtre dans les yeux.

— Oui, Pharaon, répondit Ankhhaef avec aplomb. Je lui ai même offert suffisamment d'or pour organiser son expédition. S'il s'avérait que j'aie commis une erreur en agissant de la sorte, je serais prêt à la payer de ma vie.

Le roi ferma les yeux, pinça les lèvres et réfléchit longuement. Il ouvrit enfin les paupières pour déclarer :

— Si tu t'es trompé, Ankhhaef, il n'y a pas de doute que tu payeras cette faute de ta vie. En vérité, si l'avenir nous apportait la preuve que tu as mal agi en laissant partir l'enfant-lion, tu serais l'un des responsables de la disparition du glorieux peuple d'Égypte. Ta bévue te condamnerait. Elle condamnerait également tous les hommes. C'est surtout en raison de mes propres actes que l'Empire est menacé. Cependant, la venue de Leonis avait ravivé l'espoir dans nos cœurs. Nous pouvions croire que l'offrande suprême serait livrée au dieu-soleil avant que sa terrible colère ne déferle sur nous... Maintenant que je sais que tu m'as menti, grand prêtre, je t'ordonne de me dire la vérité. Parle et ne me cache rien. Si tu as agi avec justesse, je saurai le reconnaître.

Mykérinos regagna son trône. Ankhhaef jouait nerveusement avec ses mains. Les regards étaient braqués sur lui. Il inspira profondément et sa voix vint dominer le grésillement ténu des flammes qui éclairaient l'endroit :

— Il y a deux mois, quelques heures avant leur départ de la demeure de Thèbes, j'ai surpris une conversation entre Leonis et

16

ses compagnons[3]. J'étais sur le point de rejoindre ces jeunes gens lorsque j'ai entendu le sauveur de l'Empire annoncer aux autres qu'il comptait profiter de la nuit pour s'enfuir. Je me suis aussitôt immobilisé derrière les buissons qui me dissimulaient aux regards. Pour empêcher mon protégé de me fausser compagnie, je devais connaître ses plans. Tout d'abord, les paroles de l'enfant-lion m'ont fait croire qu'il avait perdu la raison. Il disait qu'il venait de rencontrer la déesse-chat Bastet et qu'il avait discuté avec elle. Après avoir entendu de tels propos, j'avais la certitude que Menna et Montu protesteraient. Toutefois, à ma grande surprise, ils ont accueilli sans broncher les étranges affirmations de Leonis. Le soldat Menna et le jeune Montu savaient que leur ami ne mentait pas. Dès cet instant, j'ai eu moi-même la conviction que le sauveur de l'Empire disait la vérité...

Hemiounou interrompit le grand prêtre :

— Il s'agissait certainement d'une mise en scène, Ankhhaef. Comment peux-tu être certain qu'ils ne t'ont pas vu venir ? En sachant que tu te cachais dans les buissons, Montu et Menna ont probablement fait mine de croire

3. Voir Leonis tome 6 – La Prisonnière des dunes.

à l'histoire absurde que tu nous relates en ce moment. Il faut que tu sois crédule pour admettre que Leonis a vraiment rencontré Bastet. Comment as-tu pu croire un seul mot de cette discussion ? Pharaon est un être divin. En dépit de ce fait, son regard n'a jamais contemplé un dieu.

Ankhhaef rétorqua sans se démonter :

— Je savais que mon récit serait reçu avec scepticisme, vizir. Cela justifie mon silence au sujet de la mission de l'enfant-lion. Si Pharaon m'autorise à poursuivre, je le ferai…

— Tu pourras continuer, Ankhhaef, répondit Mykérinos. Comme nous tous, Hemiounou est exténué. Le vizir est moins enclin que nous ne le sommes à croire aux manifestations des divinités. Ses obligations quotidiennes l'astreignent à considérer les choses avec beaucoup de sérieux…

Le pharaon se tourna vers le vizir pour lui rappeler :

— Tu étais pourtant présent, Hemiounou, lorsque nous avons procédé à l'ouverture de la chambre secrète d'Héliopolis. Ce matin-là, l'entrée conduisant à la table solaire nous a été révélée. Nous avons alors été exposés à la vive lumière et au puissant souffle des dieux. Le sauveur de l'Empire a été désigné par Rê. Il a foulé le sol d'un domaine divin pour rapporter le talisman des pharaons. Même si les propos du grand prêtre nous étonnent, il faut le laisser achever son récit.

Le vizir hocha doucement la tête. Ankhhaef poursuivit :

— Bastet a rencontré Leonis dans une nécropole de Thèbes. Le tombeau des parents de l'enfant-lion se trouve à cet endroit. La déesse-chat a annoncé à Leonis qu'un puissant sorcier était sur le point de s'allier aux adorateurs d'Apophis. Cet envoûteur se nomme Merab. Il est sous le parrainage du dieu Seth. Si personne ne parvient à l'arrêter, cet homme pourrait causer bien du tort à l'Empire. Selon les dires de la déesse, un seul être pourrait opposer ses pouvoirs à ceux de ce sombre personnage. Il s'agit d'une sorcière. Elle est prisonnière dans une oasis située au cœur d'un domaine appartenant à Seth. C'est pour délivrer cette femme que Leonis, Montu et Menna ne sont pas rentrés à Memphis… Pendant que nos barques quittaient les débarcadères de Thèbes, le sauveur de l'Empire et ses amis se dirigeaient vers la grande Cime de l'Occident. Un faucon devait les guider jusqu'à l'oasis de la prisonnière des dunes. Ces braves garçons devaient atteindre une porte conduisant au territoire de Seth. Après avoir franchi cette porte, Leonis pouvait s'attendre au pire. La déesse-chat a annoncé à l'enfant-lion que le dieu du chaos chercherait à l'éliminer…

Le roi fit un geste pour exhorter le prêtre à se taire. Il se frappa ensuite le front du revers de la main et proclama :

— De toute évidence, tu crois à ce que tu nous racontes, Ankhhaef. Puisque tu as la certitude de dire la vérité, je ne peux t'accuser de mentir. En te confiant la surveillance de Leonis, j'ai fait appel au plus responsable des hommes. Ta sagesse et ta piété sont louées dans tous les temples de l'Empire. Seulement, les mots que tu viens de prononcer ont rempli mon cœur de braises douloureuses. Tes paroles ne sont pas celles d'un homme sain d'esprit. En faisant de toi le protecteur de l'enfant-lion, je t'ai imposé une lourde responsabilité : tu devais veiller sur l'instrument de notre rédemption. Les difficultés de cette charge ont manifestement miné ton discernement. Ta foi en Leonis t'a donné la crédulité d'un bambin. Tu as besoin de repos, grand prêtre. À l'aube, tu regagneras ton temple. Puisque nous avons perdu le sauveur de l'Empire, je peux maintenant te libérer de ta mission. Tu seras plus efficace en célébrant le culte de Rê.

Des larmes faisaient luire les joues parcheminées d'Ankhhaef. Le malheureux murmura :

— Tu ne désires pas connaître la fin de mon récit, Pharaon?

— Non, Ankhhaef. Ton discours revêt toutes les apparences d'une grotesque fantaisie. Au fond, la loyauté de ton protégé était peut-être moins inébranlable que nous ne le pensions. Il semble évident que l'enfant-lion a abusé de ta confiance… Tout indique que Leonis a abandonné sa quête. Même s'il a triomphé du tombeau de Dedephor, il n'est pas insensé de prétendre que cette dernière aventure aura eu raison de son immense courage. Mais, après tout ce qu'il a accompli pour le royaume, comment pourrait-on en vouloir à ce garçon? Grâce à lui, six des douze joyaux de la table solaire sont en notre possession…

— Le second coffre n'a pas encore été ouvert, fit remarquer Hemiounou. Il faudrait vérifier son contenu pour confirmer que nous possédons bien six joyaux. Ce serait un grand malheur si…

Le pharaon interrompit le vizir en décrétant:

— Dans peu de temps, le couvercle du deuxième coffre sera retiré. Les trois joyaux qu'il contient seront révélés. Il faut éviter d'appeler le malheur, Hemiounou. Souvent, le malheur se comporte comme un chien soumis : il accourt aussitôt que son nom est prononcé. Je préfère croire que le bélier, l'abeille et l'œil reposent dans le précieux coffre sur lequel sont gravés les symboles qui les représentent. En ce qui concerne la quête des joyaux, d'autres hommes seront chargés de la poursuivre. Puis-je te confier la tâche de réunir ce groupe, Neferothep ?

— Je m'en occuperai, Pharaon, acquiesça le commandant de la garde royale.

Le grand prêtre était anéanti. En fixant le sol, il demanda :

— Que se passera-t-il lorsque Leonis reviendra ?

Mykérinos observa un silence avant de conclure :

— Désormais, pour le bien de l'Empire, je me dois d'agir, Ankhhaef. Il me faudra tout tenter pour retrouver les autres coffres. Je ne dois surtout plus compter sur le retour de l'enfant-lion.

2

SOUS UN CIEL SANGLANT

Le javelot, propulsé avec énergie et adresse, s'éleva dans le ciel rouge et sans nuages du territoire de Seth. Le trait survola sans osciller la longue et étroite clairière au sol pelé; puis, promptement, il s'inclina pour fondre sur sa cible. Sa pointe effilée transperça sans bruit le corps d'un mannequin de paille. En constatant que son tir avait atteint son but, Leonis poussa un hurlement de triomphe. Il exécuta une danse cocasse sous les yeux amusés de ses deux compagnons d'aventures. Une lueur de fierté brillait dans le regard vert de l'enfant-lion. Il afficha un air satisfait et posa une main sur l'épaule de Menna pour s'exclamer:

— Ton enseignement commence à donner des résultats extraordinaires, mon vieux! En cinq lancers, j'ai atteint quatre fois la cible!

— J'ai bien peu de mérite, Leonis, observa modestement le gaillard. Depuis que nous sommes ici, je vous soumets à de rudes exercices. Vous ne bronchez jamais, Montu et toi. Chaque jour, votre précision s'améliore tandis que votre force et votre endurance augmentent. Vous êtes de très brillants élèves.

— Tu as raison, Menna, jeta Montu en secouant ses longs cheveux aux reflets roux. Nous possédons maintenant toutes les qualités des grands guerriers. Nous sommes même devenus la terreur des mannequins de paille. J'espère qu'ils ne chercheront jamais à se venger.

La boutade de Montu fit sourire ses compagnons. Le sauveur de l'Empire poursuivit sur le même ton plaisantin:

— Il serait étonnant que ces mannequins osent riposter. Avec toutes les flèches et les lances qui les ont transpercés, ils ne doivent plus avoir beaucoup de cœur au ventre. Et puis, ils savent bien que nous sommes trop forts pour eux. Le combat serait inégal… Évidemment, nos cibles sont immobiles; nos mannequins n'ont rien à voir avec de véritables combattants. J'aime bien utiliser l'arc et la lance, mais je détesterais me retrouver dans l'obligation de projeter mon javelot sur un homme. J'ai la certitude que ma main tremblerait trop pour viser juste. Je ferais un drôle de soldat, les gars. Même si je devenais aussi habile que Menna, je serais probablement incapable de tuer une antilope. N'empêche, l'entraînement me plaît. Je ne vois pas ce que nous pourrions faire de plus intelligent pour occuper notre temps. Il y a maintenant cinq semaines que nous sommes retenus dans cette oasis. Nous ne possédons encore aucun indice qui pourrait vraiment nous éclairer sur la façon de libérer la sorcière d'Horus. En fait, la déesse Bastet m'a bien fourni une piste lorsque je l'ai rencontrée dans la nécropole de Thèbes...

— Bien sûr, trancha Montu. Seulement, nous avons beau réfléchir, cette piste ne nous mène nulle part.

— En effet, mon ami, approuva le sauveur de l'Empire. Les jours passent et, pendant que nous sommes ici, la quête des joyaux ne progresse pas. Cette situation me rend impatient. J'ai hâte de rentrer à Memphis.

— Moi aussi, assura Montu. J'en ai assez de voir ce ciel couleur de sang. Et puis, même si les horribles créatures de Seth ne peuvent pas pénétrer dans l'oasis, il est inquiétant de savoir qu'elles rôdent non loin de nous. J'ai toujours peur que l'un de ces monstres finisse par traverser la brume...

Les trois amis sursautèrent légèrement. Un cri strident venait de retentir dans la clairière. Ils se retournèrent pour apercevoir un faucon qui s'approchait d'eux. L'oiseau de proie exécuta quelques élégantes figures au-dessus des aventuriers. Il poussa encore une série d'appels brefs avant de retourner à l'endroit d'où il était venu. Menna annonça :

— Il semble que l'entraînement soit terminé pour aujourd'hui. La sorcière d'Horus nous a envoyé l'un de ses fidèles messagers. Cette brave Sia nous attend. Le repas est sûrement prêt. Il est temps de rentrer, mes amis.

Leonis et Montu approuvèrent en silence. Les compagnons rassemblèrent leurs armes et s'engagèrent sur le sentier conduisant à la demeure de la prisonnière des dunes. Après avoir parcouru une faible distance, ils grimpèrent une pente abrupte pour gagner le sommet d'une élévation. De cet endroit, les jeunes gens avaient une vue imprenable sur le domaine du dieu Seth. Comme chaque fois qu'ils se postaient sur cette éminence, ils ne purent s'empêcher de scruter longuement le paysage. Derrière le mince voile brumeux qui enveloppait l'oasis, les Dunes sanglantes s'étalaient sous leurs yeux. Aucun nom n'aurait pu mieux convenir à cette immense étendue de sable rouge. Dans le monde du tueur de la lumière, il était impossible de distinguer l'horizon. Au loin, la teinte cramoisie du ciel se confondait parfaitement avec celle de la terre. Pour atteindre l'oasis de la prisonnière, le vaillant trio avait dû franchir cet horrible territoire. Au cours de cette expédition, la vie de l'enfant-lion avait été l'enjeu d'un intense combat. L'affrontement avait opposé le dieu Seth à son neveu Horus. Les trois héros n'avaient que peu d'idées sur la manière dont s'était déroulé ce duel divin. Les mortels avaient cependant expérimenté quelques terrifiants phénomènes. Ils avaient également été confrontés à des êtres monstrueux. Par bonheur, le sauveur de l'Empire et ses amis avaient finalement foulé le sol de l'oasis. Ils pouvaient donc présumer que le dieu Horus l'avait emporté sur son oncle. Au cœur du domaine de Seth, Leonis, Menna et Montu avaient sans contredit vécu le plus effroyable des périples. Pourtant, durant leur pénible traversée, les Dunes sanglantes s'étaient révélées bien peu menaçantes en comparaison de ce qu'elles allaient devenir après leur entrée dans l'oasis de Sia.

Désormais, le territoire du dieu du chaos était peuplé de créatures cauchemardesques. De leur poste d'observation, les aventuriers pouvaient examiner ces monstres sans courir le moindre risque. Cet après-midi-là, à proximité de la barrière de brume, se trouvait une fabuleuse araignée. Son corps gigantesque était bleu et velu. Son abdomen épousait le sol et ses pattes reposaient de tout leur long sur le sable chaud. Ce n'était pas la première fois que les compagnons voyaient ce genre d'araignée. Ils savaient que, lorsqu'elle se dresserait sur ses solides pattes, cette bête aurait la hauteur de trois hommes. Pour le moment, l'impressionnante créature demeurait couchée et immobile. Ses yeux noirs reflétaient doucement la lumière rougeâtre du ciel. Dans sa fixité, elle faisait songer à une étoile. Beaucoup plus loin, un scorpion géant se déplaçait avec aisance sur la surface molle et bosselée du désert. Ses pas impétueux soulevaient des nuages de sable. En constatant sa présence, Montu tressaillit. Machinalement, il effleura la longue cicatrice violacée qui marquait son bras gauche. Cette blessure avait été causée par un scorpion identique à celui qu'il observait. L'une des terribles tenailles du monstre n'avait fait qu'effleurer le membre du garçon. Malgré tout, la blessure avait été large et profonde. Le malheureux avait perdu beaucoup de sang et sa plaie s'était vite infectée. Sans la bénéfique intervention de Sia, Montu eût probablement rejoint le royaume des Morts.

Avec l'extrémité de son javelot, Menna désigna un point situé au sud. En tournant le regard dans cette direction, Leonis et Montu avisèrent un groupe de huit étranges créatures. Ces bêtes avaient vaguement la silhouette d'un guépard. Leur peau étincelait d'une manière insolite. Elles s'approchèrent de l'oasis, et les jeunes gens purent les étudier. On eût dit que le corps élancé de ces êtres était façonné dans le métal. Leurs pattes étaient longues et puissantes. Malgré la singulière apparence de leur chair, on voyait clairement le jeu des muscles. Leurs yeux, étroits et jaunes, brillaient comme des joyaux. De longs crocs acérés saillaient de leur gueule.

Le sauveur de l'Empire murmura:

— C'est la première fois que nous voyons ces choses... Leur peau, on dirait de l'argent poli.

— Elles possèdent des dents plus longues que la lame de mon poignard, fit remarquer Menna. Vous avez vu leurs griffes?

— Ce n'est pas le genre de chaton que j'aimerais caresser, marmonna Montu en serrant les mâchoires.

Les huit créatures se détachèrent les unes des autres. En quelques bonds furtifs, elles encerclèrent l'araignée géante. Pressentant une menace, la monstrueuse bête se dressa vivement sur ses pattes robustes. Cette brutale impulsion souleva la poussière. L'un des félins lança un cri à figer le sang. L'appel était éraillé et aigu. Leonis et ses compagnons n'avaient jamais rien entendu de semblable. Ce cri était à ce point assourdissant que, malgré la distance qui les séparait de la scène, ils durent se boucher les oreilles. Comme s'ils obéissaient à un signal, les huit fauves argentés se ruèrent sur l'araignée. L'immense bête fit un bond latéral pour tenter d'échapper aux véloces prédateurs. Ce fut peine perdue. Une formidable lutte s'engagea devant le regard fasciné des trois héros.

En émettant des grincements terrifiants, quatre félins s'accrochèrent comme des mouches au corps énorme de l'araignée bleue. Ils escaladèrent sa masse velue avec une rapidité saisissante. Les autres assaillants s'agrippèrent aux pattes charnues de leur proie. La victime résista avec vigueur. Après une série d'élans furieux, elle parvint à faire lâcher prise à un fauve qui alla choir sur le sol. L'araignée se précipita sur lui et le frappa si fort avec ses crochets venimeux que la bête s'enfonça dans le sable fin. En dépit de ce violent choc, le félin, visiblement indemne, se releva avec promptitude pour poursuivre l'attaque. De toute évidence, la chair miroitante de ces êtres était extrêmement robuste. En peu de temps, le monstrueux arachnide se retrouva démembré. Son corps fut vite mis en pièces par les implacables mâchoires des félins. L'assaut fut de courte durée. Une fois leur besogne accomplie, les créatures argentées abandonnèrent la carcasse de leur victime. Un fluide visqueux et verdâtre maculait le sable rouge. Les prédateurs se regroupèrent. Comme pour célébrer leur triomphe, ils poussèrent encore quelques affreux hurlements. Ensuite, d'un pas égal, lent et souple, ils prirent la direction de l'est.

— Ces… ces bêtes sont vraiment… redoutables, bredouilla Montu. Un groupe de vingt hommes serait sans doute insuffisant pour combattre une telle araignée. Ces créatures l'ont pourtant tuée en un rien de temps.

— C'est vrai, Montu, répondit Menna. Nous avons vu bien des horreurs en scrutant les dunes. Les monstres de Seth sont tous très menaçants. Seulement, aucune des créatures que nous avons observées jusqu'à présent ne pourrait rivaliser avec de tels instruments de mort. Les prédateurs que nous venons de voir à l'œuvre n'ont pas la moindre faiblesse. Ils sont rapides. Leurs crocs et leurs griffes sont tranchants comme des lames. De plus, si cette grosse araignée n'a pas réussi à entailler leur chair, aucune flèche ne le pourrait. Ce n'est même pas pour se nourrir que ces bêtes ont engagé le combat. Elles ne cherchaient pas non plus à protéger leur territoire. Elles ont attaqué l'araignée dans le seul but de la tuer.

D'une voix blanche, Leonis déclara:

— Je tremble en songeant que ces êtres pourraient un jour rejoindre le monde des mortels. Seth ne les a sûrement pas créés pour rien. Des milliers de créatures rôdent dans son domaine. Avec une telle armée, le tueur d'Osiris pourrait facilement anéantir le peuple d'Égypte. Tandis que nous traversions les Dunes sanglantes, nous n'avons rencontré qu'un scorpion géant et une trentaine de guerriers de sable. Je me demande encore où se trouvaient les autres monstres...

— Une chose est sûre, dit Montu: si ces horribles êtres avaient été là durant notre traversée, nous ne pourrions pas en discuter aujourd'hui. D'ailleurs, sans l'intervention d'Horus, le scorpion n'aurait certainement fait qu'une bouchée de nous trois. À mon avis, pendant le combat qui l'opposait au dieu-faucon, le tueur de la lumière a été obligé de retenir ses créatures. Tu nous as dit que Bastet avait fait une proposition à Seth, Leonis. La déesse-chat ne pouvait quand même pas te livrer en pâture à la multitude de monstres qui hantent ce domaine.

— En effet, approuva l'enfant-lion. J'imagine qu'Horus n'aurait pas accepté de prendre part à ce combat si, pendant que nous marchions vers l'oasis, les monstruosités de Seth avaient patrouillé dans les Dunes sanglantes. Le dieu du chaos ne se manifestait qu'au moment où le soleil était haut dans le ciel. Horus répliquait aussitôt. D'après ce que nous avons vu, chaque adversaire ne jouait qu'un coup par jour. Selon moi, afin que le duel des dieux soit équitable, les Dunes sanglantes ont été transformées en terrain neutre pendant l'affrontement. Il y a deux cents ans que Sia est retenue captive. C'est d'ailleurs la seule chose qu'elle a daigné nous confier sur son passé. Elle dit que, depuis qu'elle habite l'oasis, les créatures de Seth ont constamment occupé le monde de leur maître... Nous ne saurons sans doute jamais ce qui s'est réellement passé. Nous avons rejoint Sia et, à vrai dire, c'est tout ce qui compte. Nous ne savons pas pourquoi cette oasis existe au milieu d'un aussi effroyable territoire. Nous ne connaissons pas les raisons qui empêchent ces monstres de franchir la barrière de brume. Nous savons seulement que, lorsqu'il sera temps de regagner notre monde, nous n'aurons qu'à traverser une porte exactement pareille à celle qui nous a conduits dans le domaine du tueur d'Osiris.

— Il ne nous reste qu'à libérer Sia, soupira Menna. Nous partageons le quotidien de cette pauvre femme depuis plus d'un mois. Elle s'entête pourtant à ne rien nous révéler sur les raisons de sa réclusion. Elle évite le sujet. Nous n'avons aucune idée des motifs qui ont conduit le sorcier Merab à lui jeter un sort. Je crois que la clé de la libération de la prisonnière des dunes se trouve dans son passé. Sia ne nous dira rien sur la manière de la délivrer de l'ensorcellement de Merab. Elle affirme qu'elle mourrait si elle nous dévoilait ce secret.

— Je me sens bête, avoua le sauveur de l'Empire. Pour libérer la sorcière d'Horus, je dois boire de bon cœur l'eau de la source empoisonnée. C'est l'indice que m'a donné Bastet lorsqu'elle est venue me rencontrer devant le tombeau de mes parents. Selon Sia, il n'y a aucune source empoisonnée dans cette oasis. La déesse-chat semble avoir utilisé cette image pour me faire comprendre autre chose. Malheureusement, je n'arrive pas à résoudre son énigme.

Montu ébaucha un sourire et jeta :

— Il faudrait que Sia nous aide un peu. Je ne tiens pas à avoir les cheveux blancs lorsque nous rentrerons à Memphis.

— Pour que tu vives aussi vieux, il faudrait que le grand cataclysme n'ait pas lieu, fit observer Leonis.

— Tu as sans doute raison, mon ami, répondit Montu. Mais, étant donné que le territoire de Seth semble situé à l'écart de notre monde, il est possible que la colère du dieu-soleil ne puisse pas l'atteindre.

Leonis opina lentement du chef avant d'affirmer :

— Même si, en demeurant dans cette oasis, j'avais la certitude d'échapper à la fin des fins, je désirerais quand même regagner le monde des mortels. J'aimerais mieux mourir très jeune plutôt que de vivre chacun de mes jours avec le remords de ne pas avoir accompli ma tâche. Si je ne parvenais pas à achever la quête des douze joyaux, la terre d'Égypte deviendrait aussi stérile que le désert de Seth. Aucun être ne pourrait survivre au grand cataclysme. Qui voudrait d'un tel monde, mon vieux Montu ? Quel homme serait heureux de sentir son cœur battre en sachant que tout un peuple a été anéanti par sa faute ?

— Tu n'es pas responsable de la colère de Rê, répliqua Menna. C'est Pharaon qui a mal agi. Jusqu'à maintenant, tu as mené ta quête avec un immense courage et une rigueur exemplaire. Tu es celui que les dieux ont choisi pour expier les fautes de Mykérinos, mais…

— Qu'importe, Menna ! le coupa l'enfant-lion. C'est entre mes mains que repose le salut des hommes. Pharaon ne peut rien faire pour racheter ses erreurs. Si les dieux m'ont désigné, c'est que je peux réussir à livrer l'offrande suprême. Les divinités m'ont permis de croiser votre chemin, mes amis. Elles savaient que, sans vous, je n'aurais pas pu accomplir ma mission. Vous êtes là pour partager mon fardeau. La quête du sauveur de l'Empire est aussi votre quête. Si nous voulons la mener à bien, la sorcière d'Horus doit maintenant nous accompagner. Bientôt, nous allons quitter cette oasis… et je vous jure que Sia sera avec nous lorsque nous franchirons l'enceinte du palais royal de Memphis.

Montu et Menna hochèrent la tête avec conviction. Après avoir jeté un dernier regard sur le tableau onirique des Dunes sanglantes, les jeunes gens dévalèrent la pente pour reprendre leur route.

3
LE MUTISME DE SIA

En émergeant du petit sentier, Leonis, Montu et Menna aperçurent la prisonnière des dunes qui s'affairait non loin de sa hutte. La première fois qu'ils avaient vu cette femme, les aventuriers avaient eu la certitude qu'elle n'était pas humaine. La sorcière d'Horus avait la peau verte comme celle des grenouilles. D'affreuses cloques recouvraient sa chair. Ses membres étaient d'une maigreur épouvantable. Le visage de la malheureuse se révélait encore plus repoussant que le reste de son être. Ses lèvres irrégulières, minces et craquelées masquaient à peine ses dents gâtées. Elle avait des yeux globuleux et injectés de sang. Ce faciès épouvantable était couronné de cheveux rares et jaunâtres. Malgré les cinq semaines qu'ils venaient de partager avec elle, le sauveur de l'Empire et ses compagnons avaient toujours du mal à ne pas tenir compte de l'horrible apparence de Sia. Toutefois, ils étaient tous d'accord sur un point : si la laideur de cette femme était incomparable, sa gentillesse l'était tout autant.

Sia se retourna. En remarquant la présence des jeunes gens, elle leva une main osseuse pour les saluer. D'une voix nasillarde, elle lança :

— Ce n'est pas trop tôt, mes enfants ! Je commençais à croire que ce bon vieux Hapi ne vous avait pas retrouvés !

Leonis tourna les yeux vers le perchoir cruciforme que Sia avait installé près de l'entrée de sa demeure. Les faucons Amset et Hapi s'y trouvaient. Le bec enfoui dans son plumage, l'un des oiseaux de proie dormait. Son congénère se dressait majestueusement à ses côtés. Il braquait son regard noir et vif sur l'enfant-lion. Ce dernier s'approcha du perchoir. D'un doigt tendre, il caressa la tête de l'oiseau avant de répondre :

— Ton messager est bien venu nous avertir, Sia. Nous sommes simplement en retard. Sur le chemin du retour, nous nous sommes arrêtés pour observer les dunes. Nous y avons vu de nouvelles et terrifiantes créatures.

— À quoi ressemblaient-elles ? interrogea la sorcière.

— On aurait dit des félins, expliqua Menna. Leur peau avait l'apparence du métal.

Ces prédateurs ont tué une araignée géante comme s'il s'agissait d'un vieil oryx blessé. Les cris qu'ils poussaient étaient affreux.

— J'ai déjà vu ces bêtes, déclara Sia sur un ton angoissé. Elles sont redoutables… Ainsi, je ne me trompais pas quand, tout à l'heure, j'ai cru reconnaître leur cri. Il est si perçant qu'on peut l'entendre de très loin. Il y a au moins cent ans que je n'ai pas aperçu ces monstres. Je croyais qu'ils n'existaient plus.

Montu s'alarma :

— Est-ce que Seth aurait l'intention d'utiliser ces prédateurs contre nous ?

— C'est peu probable, mon petit, déclara la sorcière d'Horus. Comme toutes les créatures du tueur de la lumière, ces félins ne peuvent guère franchir la brume.

— Tu sembles certaine de ce que tu avances, Sia, glissa Leonis. Seulement, malgré les bienfaits que nous offre ton petit paradis, nous demeurons inquiets. Il faudrait que tu nous donnes plus de détails pour nous convaincre que ces choses ne peuvent pas pénétrer dans l'oasis.

— Il serait temps de nous en dire plus, Sia, ajouta Menna avec bienveillance.

La disgracieuse femme leva les bras au ciel. En signe d'impuissance, elle les laissa lourdement retomber sur ses hanches. Sia fixa un moment ses mains rêches comme les serres de ses fidèles faucons. Elle hésita encore un peu et grimaça avant de murmurer:

— J'aimerais bien vous aider, mes enfants. J'imagine que le temps est venu de vous expliquer certaines choses… Je peux sans doute vous éclairer sur la présence de cette oasis dans le domaine du tueur de la lumière. J'estime aussi que je dois vous mettre au courant des raisons qui empêchent les créatures de Seth de nous menacer. Je réfléchis à tout cela depuis des semaines. Je crois qu'il me sera possible de vous faire ces quelques révélations sans en mourir. Cependant, je vous l'ai déjà dit: je ne veux pas vous parler de mon passé. En le faisant, je risquerais de vous donner la clé de ma libération. Vous êtes très perspicaces, mes jeunes amis. Si je parlais trop, vous finiriez certainement par découvrir ce secret. Autrefois, lorsqu'il m'a jeté le maléfice qui me retient captive, Merab a été on ne peut plus clair. Il m'a affirmé que si, un jour, un mortel venait dans le but de m'affranchir de cet envoûtement, je ne devrais rien lui dire sur la façon d'y parvenir. La moindre instruction au sujet de ma délivrance entraînerait ma mort. Est-ce cela que vous voulez?

— Bien sûr que non, Sia, répondit Leonis. Nous avons besoin de toi. Nous éprouvons aussi beaucoup d'affection pour toi. Tu te comportes avec nous comme la plus affectueuse des mères.

La prisonnière des dunes baissa la tête. Ses yeux exorbités s'emplirent de larmes. Elle renifla bruyamment et annonça :

— Le repas est servi, mes enfants. Entrez dans ma hutte. Nous discuterons pendant que vous mangerez.

La demeure de Sia était à la fois modeste et remarquable. En deux siècles de captivité, la sorcière d'Horus avait eu amplement le temps de s'appliquer à l'aménagement de son logis. Sa hutte n'avait donc rien de comparable avec les éphémères habitations de joncs et de limon que les pêcheurs érigeaient dans le delta du Nil. Pour la bâtir, Sia avait utilisé des milliers de feuilles de doum taillées en fines lanières. La charpente se composait de branches droites et solides. Chacun des panneaux que comptaient les murs et le toit avait été tressé avec une extraordinaire minutie. Peu de temps après leur entrée dans l'oasis, Leonis, Montu et Menna avaient construit leur propre hutte. Il s'agissait toutefois d'un abri grossier, chancelant et parsemé de trous, qu'ils n'utilisaient que pour dormir.

Les jeunes gens pénétrèrent dans la maison de Sia et s'installèrent sur le sol recouvert de nattes. Sur un tapis de palmes fraîches et verdoyantes se trouvaient quelques pigeons bouillis, du pain, de la laitue, des poireaux et des concombres. Comme chaque jour, Sia avait préparé une cruche de bière d'orge. Les amis entamèrent le repas. La prisonnière des dunes vint les rejoindre quelques instants plus tard. Elle s'assit près d'eux et ferma les yeux pour se plonger longuement dans ses réflexions. Les convives gardèrent le silence. Sia ouvrit ses paupières bouffies et inspira profondément pour prendre la parole sur un ton résolu :

— Vous savez que, de temps à autre, le divin Horus vient me rejoindre dans mes rêves. Il ne le fait pas directement. Car, mis à part Rê, aucune divinité n'a le droit de pénétrer, même en esprit, dans cette oasis. Tout comme moi, Amset et Hapi appartiennent à Horus. En traversant le grand rectangle de pierre qui conduit dans le monde des mortels, ces braves oiseaux me rapportent souvent des denrées et des objets provenant des Deux-Terres. Le passage qui se trouve dans l'oasis n'est qu'une sortie. Mes faucons ne peuvent l'emprunter pour réintégrer ce monde. Lorsqu'ils reviennent de là-bas, ils doivent donc franchir la porte qui vous a conduits dans les Dunes sanglantes. Même s'ils doivent traverser cet horrible désert, Amset et Hapi n'ont aucun mal à regagner l'oasis. Étant donné qu'ils volent, les créatures qui peuplent ce territoire ne peuvent rien contre eux. Bien entendu, certains des monstres du tueur de la lumière peuvent voler. Par contre, puisque le ciel est le domaine de Rê et d'Horus, les êtres abominables de Seth ne peuvent y évoluer sans périr. Ils sont forcés de raser le sol. Les créatures volantes du dieu du chaos sont aussi trop lentes pour rivaliser de vitesse avec mes faucons. C'est par l'intermédiaire de mes compagnons qu'Horus communique avec moi. Il leur dicte parfois des messages qu'ils me transmettent durant mon sommeil. C'est de cette manière que j'ai su que vous étiez en route avec l'intention de me libérer. C'est également grâce à mes faucons que je connais l'histoire de l'oasis.

Le sauveur de l'Empire déglutit, s'essuya la bouche et demanda :

— Crois-tu qu'Amset et Hapi permettraient à Bastet de communiquer avec moi ? D'habitude, la déesse-chat se manifeste durant mon sommeil. Elle ne l'a pas fait depuis que je suis sur le territoire de Seth.

— Malheureusement, Bastet ne peut utiliser les faucons, Leonis. Ces oiseaux n'ont de lien qu'avec Horus. Il faudrait que tu regagnes le monde des hommes pour communiquer avec ta protectrice. Comme je viens tout juste de le dire, le dieu-soleil est l'unique divinité qui pourrait visiter cette oasis. Ce lieu existe simplement parce que Seth n'est pas le dieu suprême. Cet îlot de vie symbolise la présence de Rê dans le domaine du tueur de la lumière. Ainsi, Seth ne règne pas complètement sur les Dunes sanglantes. Les créatures du dieu du chaos ne peuvent franchir le dôme de brume qui enveloppe cet endroit. Vous avez traversé ce voile avec aisance. Cependant, pour les monstres du tueur d'Osiris, le brouillard possède la consistance d'un mur de pierre. C'est la raison pour laquelle nous sommes en sécurité dans l'oasis.

— Qu'est-ce qui explique l'existence des Dunes sanglantes? questionna Montu. Le dieu Seth est déjà le maître du désert et des ténèbres. Comment se fait-il qu'il possède son propre domaine?

— Je ne sais presque rien à ce sujet, répondit la prisonnière. Je sais seulement que les dieux ont offert ce territoire au tueur de la lumière. En ce temps lointain, l'homme n'avait pas encore foulé le sol d'Égypte. Avant d'assassiner son frère Osiris, le fougueux Seth était tenu en haute estime par les autres divinités. Sa jalousie et sa soif de pouvoir l'ont toutefois poussé à commettre des actes répréhensibles. De nos jours, encore, c'est par Seth que Pharaon hérite du trône de la Haute-Égypte. Celui de la Basse-Égypte lui est attribué par mon maître Horus. Néanmoins, viendra un temps où le dieu-faucon sera la seule divinité représentée sur les trônes des Deux-Terres. L'hostilité et la bassesse du tueur de la lumière le perdront. Certains dieux l'ont déjà réprouvé. Les mortels feront de même... Voilà, mes jeunes amis. C'est tout ce que je peux vous révéler pour l'instant. C'est bien peu, j'en suis consciente. Votre importante quête est interrompue et, parfois, j'aurais envie de vous hurler le secret de ma délivrance. Vous êtes loin de Memphis. Le cœur de Mykérinos est certainement rempli de désespoir. Même si vous me quittiez aujourd'hui, vous auriez besoin de beaucoup de temps pour regagner la capitale. Vous ne pouvez pas voler comme mes faucons et...

Menna sursauta. Une vive lueur enflamma son regard. Brusquement, il jeta :

— Si, pour le moment, nous ne pouvons pas quitter l'oasis, nous pourrions tout de même avertir Mykérinos que nous sommes toujours vivants !

— À quoi penses-tu, Menna ? demanda Leonis.

— Puisque les faucons peuvent quitter le monde de Seth, l'un d'eux pourrait sans doute transporter un message jusqu'au palais royal de Memphis !

— Serait-ce possible, Sia ? interrogea l'enfant-lion d'une voix chargée d'espérance.

— C'est faisable, mon petit, répondit la sorcière. L'épuisement, la faim et la soif n'ont aucune emprise sur mes divins oiseaux. Seulement, pour que le message atteigne son but, il faudrait que le faucon puisse rejoindre le roi. S'il fallait que la missive tombe entre les mains de quelqu'un qui ne sait pas déchiffrer les hiéroglyphes, la tentative n'aurait servi à rien.

— Nous devons tout de même essayer ! s'exclama Leonis. Pourquoi n'y avons-nous pas songé plus tôt ?

Montu prit sa tête entre ses mains et soupira :

— C'est simple, mon vieux, nous ne pensons qu'à une chose depuis que nous sommes ici : nous tentons de trouver la clé qui nous permettrait de délivrer Sia. Nous avons exploré tous les recoins de l'oasis pour essayer de découvrir une source empoisonnée. Nous cherchons des symboles sur chaque rocher, chaque arbre et chaque petit bout de terre. Nous n'avons rien trouvé. À l'évidence, il y a autant d'indices dans ce petit paradis qu'il y a de poils sur la tête d'un serpent. Si ça continue, je crois que je vais devenir fou… Ne pourrais-tu pas nous dire un seul petit mot pour nous faciliter la tâche, Sia? Juste un mot suffirait peut-être à nous mettre sur la bonne piste.

Les lèvres difformes de la sorcière esquissèrent un sourire las. Avec tristesse, elle dit :

— Il y a des choses qu'un seul mot ne saurait expliquer, mon garçon. Et puis, si un mot pouvait vous donner la réponse que vous cherchez, ce même mot pourrait causer ma perte. Je sais qu'il serait périlleux pour vous de partir d'ici sans moi. Le sorcier Merab s'est allié à vos ennemis. Sans ma présence à vos côtés, il vous serait sans doute impossible d'achever votre quête. Si vous étiez ici dans le seul but de délivrer la hideuse femme que je suis, je vous supplierais de partir. Dans cette oasis, vous êtes aussi prisonniers que je le suis. Si vous en sortez, Merab vous anéantira. Vous êtes forts, intelligents et braves, mes enfants. Malgré tout, je doute de revoir un jour le ciel bleu du monde des mortels… Au fond, ce qui m'attriste le plus, c'est de constater que ma prison compte désormais trois nouveaux captifs.

4
LE MAL RENCONTRE LE MAL

Merab avait largement surestimé ses capacités. En quittant Thèbes, il avait évalué que son voyage vers le Temple des Ténèbres durerait environ un mois. Par la suite, il avait été forcé d'admettre que le trajet prendrait au moins de cinq à six semaines. Il y avait maintenant deux mois qu'il avait quitté sa tanière. Les nerfs à vif, il touchait enfin son but. Merab tira fermement sur la longe de sa bourrique. La bête poussa un braiment aigu et s'immobilisa en chancelant. Du revers de la main, le vieil homme essuya son front luisant de sueur. Le petit garçon qui marchait à ses côtés fit claquer sa langue. L'âne qu'il conduisait s'arrêta docilement. L'enfant leva un regard interrogateur vers le sorcier. Ce dernier l'observa avec mépris et jeta d'une voix grinçante :

— Qu'est-ce que tu attends, moustique? Aide-moi à descendre de cette stupide bête au lieu de me fixer ainsi!

— Je… je suis désolé, maître Merab, dit le gamin en s'exécutant. Je ne pouvais pas savoir que vous vouliez descendre. Que se passe-t-il? Vous ne vous sentez pas bien?

Soutenu par son petit serviteur, le sorcier posa les pieds sur le sol du désert. Il toussa, reprit son souffle et répondit:

— Je vais très bien, moustique! Si je suis descendu, c'est que nous sommes enfin arrivés à destination!

D'un regard ahuri, le petit embrassa le paysage désertique. Autour d'eux, il n'y avait rien d'autre que du sable et un énorme rocher aux flancs pâles et criblés de cavités. Merab savoura un moment l'étonnement du gamin. Il émit un rire fielleux avant de dire entre ses dents:

— Pauvre crétin. Tu penses sans doute que je suis devenu fou. Pourtant, même si tu ne remarques rien, nous avons bien atteint le but de cet horrible voyage… En ce moment, nous sommes observés. Quatre archers sont postés sur ce gros rocher. Je peux lire dans leurs pensées, moustique. Ils se demandent ce qu'un vieillard et un gamin peuvent bien fabriquer dans ce coin du désert. Ils espèrent surtout que nous marcherons vers eux jusqu'à ce que nous soyons à la portée de leurs flèches. Le cœur de ces hommes est froid et dur comme la pierre. Ils sont très adroits… et ils meurent d'envie de te prendre pour cible. Je me demande si je ne les laisserai pas faire…

Le garçon ne dit rien. Il baissa la tête en simulant l'inquiétude. En vérité, les paroles du sorcier ne lui faisaient pas peur. Il partageait la vie de cet homme depuis plus de deux siècles. Merab avait toujours été très méchant avec lui. Il aimait trop faire souffrir son petit serviteur pour laisser à un archer le plaisir de l'abattre. Le vieillard émit un autre ricanement. Il redressa les épaules et murmura, comme pour lui-même :

— Ces gaillards sont forts comme des lions, mais ils sont stupides comme des sarcelles. Je sens que je vais bien m'amuser…

Merab se frotta énergiquement les mains. Il gonfla ses poumons de l'air brûlant du désert et cracha sur le sol.

— Allons-y, moustique ! ordonna-t-il. Au bout d'une si longue route, un peu d'action me fera le plus grand bien !

L'enfant incita les ânes à le suivre et accorda ses pas à ceux du sorcier. Le vieillard et son serviteur n'avaient franchi qu'une faible distance lorsque, jaillissant d'une grotte située à la base de l'îlot rocheux, trois gaillards armés de lances s'avancèrent vers eux. L'un de ces gardes ordonna :

— N'avance plus, vieil homme ! Tu as déjà fait un pas de trop !

Merab obéit. L'enfant suivit son exemple. Avec un sourire amusé, l'envoûteur leva les yeux. Perchés sur le flanc blafard du rocher, les archers, désormais bien visibles, avaient tendu leurs arcs. Le regard du vieux se posa de nouveau sur les sentinelles qui se dressaient maintenant à deux coudées devant lui. En toisant le plus costaud des trois hommes, Merab lui jeta d'une voix mièvre :

— Je me nomme Merab. J'ai quitté Thèbes il y a deux mois pour voyager jusqu'ici. Tu devrais cesser de te prendre pour un soldat, ma gazelle. Si tu me conduis à Baka, je ne te ferai aucun mal.

Décontenancés par les mots insolents de l'étranger, les combattants échangèrent des regards stupéfaits. De toute évidence, cet homme savait qu'il venait d'atteindre le repaire des adorateurs d'Apophis. Il fallait faire preuve de prudence. Cet inconnu était peut-être une connaissance du maître Baka. Si tel était le cas, il fallait le traiter avec respect. Après un court moment d'hésitation, le colosse qui avait essuyé l'affront de Merab répliqua enfin :

— Nous ne t'avons jamais vu, vieillard. Serais-tu l'un des nôtres ?

Merab eut une moue de dédain avant de rétorquer :

— Je n'éprouverais aucune fierté à devenir l'un des vôtres, ma gazelle. Les adorateurs d'Apophis ne sont qu'une inoffensive bande de fanatiques. Baka ne m'a jamais rencontré. Je suis venu pour l'aider. Le pauvre ! Comment peut-il espérer nuire à l'Empire avec des troupes aussi misérables ? Regardez-vous donc, ridicules fourmis ! Je ne suis qu'un vieillard. Pourtant, je pourrais vous écraser en un rien de temps !

Cette fois, les traits des adorateurs d'Apophis se couvrirent d'indignation. Ils échangèrent un nouveau regard hésitant, puis, comme animés par une même désopilante pensée, ils éclatèrent de rire. Celui qui se trouvait à la droite de Merab fut le premier à recouvrer son sérieux. Son visage redevint sévère et il lança :

— Il faut que tu sois vraiment inconscient pour parler comme tu le fais ! Si tu n'es pas fou, tu as sûrement très hâte d'achever ta vieille vie !

Le troisième combattant, un gros homme qui possédait un nez d'une longueur remarquable, renchérit d'une voix stridente :

— Tu n'avais qu'à te jeter dans le Nil! Tu t'es donné beaucoup de mal pour rien! Tu as marché jusqu'à nous pour connaître ta fin! Nous ferons un esclave du gamin qui t'accompagne. Tes ânes pourront nous être utiles. En ce qui te concerne, vieille momie, nous laisserons nos archers se divertir un peu sur ta fragile carcasse! Nos amis les vautours nous en voudront de leur faire une aussi piteuse offrande! Tu es tellement décharné qu'ils n'auront presque rien à dévorer!

Ces paroles provoquèrent une nouvelle cascade de rires. Tandis que les lanciers rigolaient, Merab hochait la tête d'un air affligé. Le colosse que le sorcier avait affublé du surnom de «gazelle» nota son désarroi. Sur un ton faussement chagriné, il déclara:

— Ne t'en fais pas, pitoyable débris, tu ne souffriras pas longtemps. Nos archers sont précis et, puisque tu ne dois plus courir très vite, ils n'auront aucun mal à te transpercer le cœur.

— Je ne m'inquiète pas, répondit Merab en soutenant le regard de son vis-à-vis. Je suis seulement un peu peiné de voir que vous êtes encore plus abrutis que je ne le croyais. Ce malheureux Baka a vraiment besoin de moi!

C'en fut trop pour le redoutable trio. Le gros garde au long nez s'élança dans le but de frapper l'impertinent. Merab plaça ses mains ouvertes à la hauteur de son menton. Il prononça ensuite un mot retentissant, bref et insaisissable. Le temps d'un souffle, l'assaut de l'adorateur d'Apophis fut freiné. Il demeura figé, son javelot brandi au-dessus de sa tête. L'animosité qui marquait sa figure se mua rapidement en effroi. Le sorcier serra les poings, et l'assaillant fut projeté très haut dans les airs. En poussant un hurlement suraigu, il alla percuter l'immense rocher qui se dressait à vingt longueurs d'homme derrière lui. Après le choc, le corps glissa mollement le long de la paroi. Sa chute s'acheva sans bruit dans la frange sablonneuse qui cernait la masse rocheuse. Ses compagnons avaient suivi des yeux son impressionnante envolée. Dès qu'ils avaient vu l'homme s'écraser violemment contre la pierre, ils avaient compris qu'il venait de mourir. Médusés, ils considérèrent longuement le cadavre disloqué. Lorsqu'ils reportèrent leur attention sur le vieillard, l'épouvante transfigurait leur visage. Les lèvres du sorcier esquissaient un sourire arrogant. D'une voix basse et sinistre, Merab jeta :

— Vous savez maintenant que je ne suis pas fou. Je sais fort bien que vous n'avez qu'à lever la main pour signaler aux archers de décocher leurs flèches. Mais, si j'étais à votre place, je ne commettrais pas cette erreur. Aucune arme ne peut m'atteindre. Celui qui osera m'attaquer périra aussitôt. Je suis un sorcier, mes gazelles. Ma puissance est égale à celle d'un dieu. Conduisez-moi à Baka. Sinon vous subirez le même sort que votre compagnon. Avez-vous déjà rêvé de voler comme les oiseaux?

— Il... il faut comprendre..., bredouilla l'un des gardes. Tu es un... étranger, vieil homme. Je dois aller demander au maître s'il consent à... à te recevoir...

— Dans ce cas, dit Merab, tu as intérêt à te hâter. Je déteste attendre. Si je suis ici, ce n'est certainement pas par plaisir. Sache que, si l'envie m'en prenait, je pourrais aisément pénétrer dans votre temple. Je suis plus redoutable que tous les adorateurs d'Apophis réunis. Va dire à Baka que le sorcier Merab veut lui venir en aide. Il connaît mon nom. Il me recevra.

— Tu... tu aurais dû nous... nous prévenir que Baka...

— ... connaissait mon nom? acheva l'envoûteur. Je sais bien que, si je m'étais présenté ainsi, les choses auraient été moins éprouvantes pour vous. Votre copain n'aurait d'ailleurs pas embrassé la pierre. Seulement, j'avais envie de m'amuser. De surcroît, avant de mourir, votre stupide frère d'armes a prétendu que ma maigre carcasse ne suffirait pas à satisfaire les vautours. Puisque cet imbécile était beaucoup plus gras que moi, j'ai pensé au bien-être de ces répugnantes bêtes. Mais nous avons suffisamment bavardé comme ça! Va vite retrouver ton chef! Dis-lui de ne pas traîner! J'ai besoin de me restaurer et de chasser toute cette poussière qui recouvre ma peau!

Un rictus de haine tordait la bouche du garde. Il eût aimé frapper ce prétentieux vieillard. Bien entendu, il s'en abstint. Après avoir assisté à la mort épouvantable de son compagnon, il ne pouvait plus douter de la puissance de Merab. Ce dernier lut dans les pensées du combattant, mais il n'ajouta rien. L'adorateur d'Apophis tourna les talons et, en courant, il gagna le rocher pour s'engouffrer dans un passage baigné d'ombre. Le sorcier ferma les yeux. En esprit, il accompagna le messager dans les souterrains tortueux qui conduisaient au repaire des ennemis de la lumière.

Un long moment s'écoula. Lorsqu'il revint, l'envoyé n'était pas seul. Un jeune homme marchait derrière lui. Merab avait déjà rencontré ce nouveau venu. Il s'appelait Hapsout. Quelques mois auparavant, en échange d'une appréciable quantité d'or, l'envoûteur avait consenti à aider les hommes de Baka. Grâce aux facultés du vieux Merab, Hapsout avait pu mettre la main sur la petite sœur du sauveur de l'Empire. L'exploit avait été salué par Baka et avait permis au jeune profane de revêtir la tunique noire des adorateurs d'Apophis.

Hapsout évita de s'attarder près du cadavre du garde. Il regarda le mort rapidement, avec un mélange de crainte et de dégoût. Ensuite, en rayant le sable de son lourd bâton de bronze, il marcha à la rencontre du sorcier. Il le salua en affichant un sourire doucereux :

— Bonjour, merveilleux Merab ! Que nous vaut l'honneur de cette visite ? J'ose croire que vous vous souvenez de moi…

— En effet, Hapsout, répondit le vieux. Comment oublier un visage aussi… particulier que le tien ? Lors de notre dernière rencontre, j'avais cru remarquer que tu ressemblais beaucoup à un rat. Toutefois, dans ma tanière, il faisait trop sombre pour en avoir la certitude. Maintenant que tu te montres sous la vive lumière du jour, je constate que mes yeux ne m'avaient guère trompé !

La figure du jeune homme s'empourpra. En dépit de l'humiliation, il conserva son sourire obséquieux. Il toussota à quelques reprises, palpa nerveusement le lobe de l'une de ses énormes oreilles et annonça :

— Le maître Baka va vous recevoir, vénérable sorcier… La sentinelle nous a fait savoir que vous êtes venu jusqu'ici avec l'intention de nous aider. Chez vous, à Thèbes, vous m'aviez pourtant affirmé que vous ne vouliez rien tenter contre Leonis. Auriez-vous changé d'avis ?

— Cela ne te regarde pas. Tu n'es rien de plus qu'un minable serviteur. Contente-toi du rôle qui te revient et ne m'interroge pas.

— C'est… c'est très bien, sorcier Merab, bredouilla Hapsout. Je… je vais vous conduire jusqu'au Temple des Ténèbres. Vous pourrez vous rafraîchir avant de rencontrer le maître. Vos ânes seront hébergés et nourris. Si le petit garçon qui vous accompagne veut se reposer…

— Ce moustique dormira avec les bêtes, décréta le vieil homme. Il en a l'habitude. Vous ne lui donnerez que du pain sec et de l'eau tiède. Il doit manger et boire, mais je ne voudrais pas qu'il devienne capricieux.

Hapsout exécuta une ridicule courbette pour signifier à l'envoûteur que ses volontés seraient respectées. Il donna des directives aux gardes. Quelques instants plus tard, d'une démarche ponctuée de gestes cérémonieux à l'excès, le jeune homme entraînait Merab dans l'antre des adorateurs du grand serpent.

5
DU BIEN-ÊTRE
À L'EFFROI

C'était un après-midi semblable à tous ceux que Leonis avait vécus depuis son entrée dans le petit paradis de la prisonnière des dunes. L'ardeur du soleil était délicieusement atténuée par le léger voile de brume qui recouvrait l'oasis. Le climat demeurait chaud sans être accablant. Étendu sur la pente douce d'une colline herbeuse et piquetée de fleurs blanches, l'enfant-lion était seul. Les bras croisés derrière la tête, il scrutait le ciel rouge. Mis à part ses faucons, Sia possédait des cailles et des pigeons qu'elle élevait dans des cages. Malheureusement, puisqu'il n'y avait aucun autre oiseau dans ce monde étrange, le silence appesantissait l'air jusqu'à en devenir encombrant. Leonis trouvait cela très regrettable. Néanmoins, il goûtait avec ravissement les parfums délicats qui venaient caresser ses narines. Malgré sa préoccupante situation, il parvint, durant une heure d'exquise langueur, à chasser ses tracas pour s'abandonner à la rêverie.

Ces dernières semaines, Leonis avait amplement eu le temps de réfléchir à l'amour qui l'unissait à la princesse Esa. Il en était venu à admettre que, même s'il parvenait à sauver l'Empire, il ne pourrait jamais épouser celle qu'il aimait. En effet, Pharaon n'accepterait guère d'accorder la main de sa fille à un ancien esclave. Si Leonis parvenait à achever sa quête, Mykérinos le comblerait assurément de tous les bienfaits. Hélas! le sang divin des rois ne pouvait se mêler à celui des gens du peuple. En approuvant une telle union, le maître des Deux-Terres commettrait un sacrilège qui provoquerait la colère des dieux, du clergé et de tous les habitants de la glorieuse Égypte. Même s'il s'était souvent laissé emporter par les tendres sentiments qu'il éprouvait pour Esa, le sauveur de l'Empire avait toujours eu conscience de l'impossibilité de cet amour. Il avait maintes fois tenté de faire entendre raison à la princesse, mais la jeune fille, dont l'immense détermination n'avait d'égale que la beauté, conservait la certitude que les volontés du cœur pouvaient triompher de tout.

Ce jour-là, donc, l'enfant-lion restait confortablement allongé dans l'herbe grasse. Des étincelles dans le regard, il se plaisait à imaginer que la douce Esa avait raison de croire aux inexorables forces de l'amour. Il ne pourrait sans doute pas l'épouser, mais il ne pourrait certainement pas se résoudre à ne plus l'aimer. Puisqu'il n'était pas digne d'une princesse, la belle Esa n'avait qu'à ne plus être princesse. Un jour, s'il le fallait, Leonis trouverait un endroit situé à l'écart du royaume d'Égypte. Il s'agirait d'un coin paisible et presque aussi isolé des hommes que l'était l'oasis de Sia. Il y bâtirait une chaleureuse petite demeure et il ne retournerait à Memphis que pour enlever la fille du pharaon. Puisque la victime ne demanderait pas mieux, l'enlèvement serait faisable, voire aisé. Le garçon conduirait sa belle en ce lieu enchanteur qu'il aurait choisi et, là-bas, il ne resterait plus rien de l'esclave qu'il avait été. Pour Esa, il renoncerait volontiers à la gloire engendrée par sa quête accomplie. Le sauveur de l'Empire n'existerait plus que dans la mémoire de quelques individus. Esa deviendrait sa compagne, la mère de ses enfants, la reine d'un seul royaume : le cœur de Leonis.

Un sourire béat sur ses lèvres pleines, l'enfant-lion se projeta en songe dans un autre temps et un autre lieu. Les paupières closes, il imagina la princesse allongée à ses côtés. Esa et lui avaient fui Memphis. Ils vivaient désormais loin du monde et chaque moment de leur existence n'était que tendresse, quiétude et félicité. Les effluves suaves qui faisaient frémir le nez de l'adolescent devinrent le parfum d'Esa. Il pouvait presque percevoir la respiration de la jeune fille. Il se laissa complètement charmer par le jeu. Sachant très bien que sa main ne rencontrerait rien, il la laissa glisser dans l'herbe en imaginant que ses doigts saisiraient ceux de sa belle. L'illusion s'acheva lorsque, en atteignant l'extrémité de sa course, la dextre se referma sur le vide. Leonis ouvrit les yeux. Son rire vint rompre le silence de mort qui régnait dans la clairière. Il se rendait tout à fait compte de la naïveté de ses projets. Il n'enlèverait pas Esa. Personne ne pouvait mener à bien une entreprise aussi folle. En outre, personne, pas même le sauveur de tout un peuple, ne pouvait espérer commettre un tel délit sans être rapidement capturé et mis à mort.

L'enfant-lion poussa un soupir et se leva. Malgré le triste aboutissement de ses réflexions, il souriait. Le répit qu'il venait de s'accorder lui avait permis de s'évader un moment. D'un pas lent, il s'éloigna de la colline et marcha vers l'est en examinant soigneusement le décor qui l'entourait. Il songea une nouvelle fois aux significations possibles de la mystérieuse phrase prononcée par Bastet. Si la source empoisonnée n'était pas une véritable source, de quoi s'agissait-il alors? Une source était une chose qui donnait naissance à une autre chose. L'orge, par exemple, naissait d'une graine. La semence était donc une source, mais la source de cette semence était l'orge elle-même. Le soleil était une source de chaleur. L'eau était une source de vie. En vérité, une infinité de choses pouvaient être qualifiées de sources. Il fallait aussi songer que, dans l'énigme de Bastet, l'expression «empoisonnée» pouvait fort bien revêtir, elle aussi, plusieurs sens. Un serpent venimeux pouvait tuer. Un regard venimeux, par contre, n'avait rien de fatal.

Il y avait de quoi devenir fou! Car comment découvrir une chose néfaste dans un lieu où rien ne semblait néfaste? La végétation de l'oasis était d'une luxuriance incomparable. L'orge, l'épeautre et le blé poussaient généreusement dans le petit champ cultivé depuis deux siècles par la sorcière d'Horus. Les légumes du potager de Sia étaient charnus et succulents. Les abeilles, les pigeons et les cailles qu'elle élevait étaient en bonne santé. L'eau des trois petits lacs que comptait l'oasis était fraîche et cristalline. Leonis et ses compagnons avaient tenté de dénicher des scorpions et des serpents. Leurs recherches avaient cependant été vaines. Selon toute vraisemblance, il n'y avait rien de repoussant ni de malsain dans cet îlot de verdure situé au beau milieu du sanglant domaine de Seth. Leonis traduisit ses pensées à voix haute:

— Tout est agréable dans cette oasis. Il n'y manque que les oiseaux pour charmer nos oreilles. Nos bouches, nos nez et nos yeux sont ravis. Bien entendu, la pauvre Sia est très laide, mais...

Le sauveur de l'Empire s'interrompit dans un grognement de surprise. Convaincu qu'il détenait enfin un fragment de la clé de l'énigme, il s'immobilisa pour mettre un peu d'ordre dans ses idées. À cet instant précis, Montu le héla:

— Leonis! Viens vite! C'est extraordinaire!

La voix du garçon était lointaine. L'enfant-lion tourna la tête dans toutes les directions, mais, de l'endroit où il se trouvait, il ne pouvait pas apercevoir son copain.

— Où es-tu, mon vieux? s'écria Leonis.

— Les dunes! répondit simplement Montu. Il faut que tu viennes voir les dunes!

Au pas de course, le sauveur de l'Empire franchit une palmeraie. Il rejoignit rapidement l'endroit où ses amis et lui avaient pris l'habitude de contempler le domaine du dieu du chaos. Une fois sur place, il fut étonné de constater que Montu ne s'y trouvait pas. Il gravit la pente raide menant au poste d'observation et jeta un regard circulaire sur le paysage cramoisi du désert de Seth. Lorsqu'il repéra son compagnon d'aventures, Leonis fut frappé de stupeur. Montu avait quitté l'oasis. Il déambulait d'un pas insouciant sur le sable rouge des Dunes sanglantes. Durant un moment, l'enfant-lion demeura pétrifié. Puis, saisissant tout à coup l'extrême gravité de la situation, il secoua la tête avec violence afin de s'extirper de son inertie. Il voulut hurler, mais aucun son ne put jaillir de sa gorge. Le cœur battant à toute allure, il dévala le monticule pour se précipiter à la rescousse de l'imprudent.

Propulsé par l'énergie du désespoir, Leonis emprunta le sentier sablonneux qui conduisait aux Dunes sanglantes. Courant sans la moindre précaution sur ce sol inconsistant, il trébucha à quelques reprises. Lorsqu'il atteignit enfin la barrière de brume, Montu se trouvait toujours de l'autre côté. Le garçon se tenait à dix longueurs d'homme de l'orée de l'oasis. Les bras croisés sur sa poitrine, il souriait en affichant un air de défi. L'enfant-lion s'arrêta. Légèrement essoufflé, il rugit :

— Tu… tu es fou, Montu! Tu vas… mourir si tu restes là! Reviens immédiatement!

Montu fit un geste pour désigner le paysage. Une lueur amusée passa dans son regard et il répliqua:

— Il n'y a rien à craindre, Leonis. Regarde! Il n'y a aucun monstre dans les environs! Allez! Viens vite me retrouver! Il est grand temps de montrer à Seth qu'il ne nous fait pas peur! Ce n'est pas en nous réfugiant derrière ce brouillard que nous lui prouverons notre bravoure!

— Tu délires, mon vieux! explosa l'enfant-lion. Que se passe-t-il? Aurais-tu reçu une pierre sur la tête? Pour l'instant, je le constate, il n'y a pas la moindre créature dans les parages; mais tu sais très bien que ces horreurs pourraient surgir à tout moment!

Montu se gratta le crâne, émit un faible rire et haussa les épaules. En faisant le geste de chasser une mouche, il jeta:

— Libre à toi de passer pour un poltron, mon ami. Moi, j'en ai plus qu'assez de perdre mon temps dans cette oasis. Allons, Leonis! Tu vois bien que cette ridicule Sia n'est pas l'ombre d'une sorcière! En deux cents ans, elle n'a même pas réussi à se libérer du sort de Merab! Crois-tu réellement que nous pourrons compter sur elle pour nous aider?

Le sauveur de l'Empire était sidéré. De toute évidence, Montu n'était pas dans son état normal. Rien ne pourrait lui faire entendre raison. Leonis envisagea de franchir la brume pour forcer l'insensé à réintégrer l'oasis. Toutefois, avant de prendre un tel risque, il devait tenter de convaincre son compagnon. D'une voix calme, il dit :

— Nous devons discuter, mon vieux. Tu as peut-être raison. Sia n'est sans doute pas très puissante. Nous en parlerons avec Menna. S'il est d'accord, nous rentrerons à Memphis. Il est inutile d'agir comme tu le fais. Nous n'aurons qu'à traverser un rectangle de pierre pour quitter ce monde. Puisque tu en as assez de l'oasis, nous retrouverons bientôt le monde des mortels. Il ne sert à rien de provoquer le danger. Viens, mon ami ! Laisse tomber la bravoure. Tu as si souvent démontré ton courage que tu n'as plus à le faire.

Un masque de colère déforma les traits de Montu. En serrant les poings, il cria :

— Va retrouver Menna, sale lâche ! Tu tentes seulement de m'amadouer ! Je reste ici ! Je n'ai plus envie de me reposer ! Pendant que le royaume d'Égypte est en péril, celui qui est censé le sauver se trouve dans une oasis où personne ne pourrait le rejoindre ! Crois-tu que je n'ai rien remarqué, Leonis ? Tu as peur, mon vieux! Ta quête est devenue trop périlleuse et tu trembles en songeant à ce qui t'attend encore! Tu n'éprouves pas le moindre désir de retourner à Memphis! Quand l'Empire sera détruit, toi, tu resteras tranquillement ici en attendant une mort paisible!

L'enfant-lion ne s'indigna pas. La démence s'était emparée de Montu, et le malheureux ne pouvait mesurer la malveillance de ses paroles. Leonis n'osa rien ajouter. Le front plissé, il cherchait désespérément une solution. Montu secoua la tête avec dédain et se retourna pour s'éloigner davantage de l'oasis. Il n'avait franchi qu'une courte distance lorsque, devant le regard horrifié du sauveur de l'Empire, la terrifiante meute des félins argentés fit son apparition. L'enfant-lion hurla à s'en lacérer la gorge:

— Montu! Reviens vite! Ces monstres vont te réduire en pièces!

Montu avait également aperçu les créatures. Sans frémir, il se retourna pour regarder Leonis. En affichant une moue désolée, il leva les bras au ciel. Une ombre d'abdication vint obscurcir son visage. D'une voix forte, mais placide, il lança:

— Tu n'as pas tort, Leonis. Ces bêtes sont mille fois trop fortes et trop rapides pour moi. Il est temps de me prouver que tu es toujours le courageux sauveur de l'Empire. Laisseras-tu ces choses tuer ton ami sous tes yeux? Si tu tiens vraiment à moi, alors tu viendras me chercher.

La peur glaçait le sang de Leonis. Ses membres tremblaient. La demande de Montu était absurde et affligeante. Il ne pouvait pas abandonner son compagnon. Seulement, s'il franchissait la brume pour se lancer à son secours, ils périraient probablement tous les deux sous les crocs des implacables prédateurs. Les félins ne se pressaient pas. Ils s'étaient regroupés au pied d'une élévation située à une trentaine d'enjambées de Montu. Soudainement, leur cri assourdissant déchira le silence du domaine de Seth. L'appel se répercutait encore dans le désert lorsque les funestes fauves se séparèrent pour s'approcher de leur proie.

6

LA RUSE DE SETH

Leonis savait bien que, dans ce territoire, la déesse-chat ne pouvait l'entendre. Caressant néanmoins l'infime espérance de pouvoir se métamorphoser en lion blanc, il prononça le nom de Bastet à trois reprises. Sa divine faculté lui eût permis de rejoindre Montu plus rapidement. Au risque de blesser son ami, il eût pu saisir l'un de ses membres dans sa puissante gueule afin de l'entraîner en lieu sûr avant l'arrivée des fauves. Cependant, comme il s'y attendait, l'enfant-lion conserva sa forme humaine. De toute manière, même si la déesse Bastet avait pu entendre l'invocation de son protégé, elle n'eût assurément pas permis à ce dernier de se changer en lion. La métamorphose ne pouvait s'opérer qu'en l'absence de témoin. Et durant ce tragique instant, Montu gardait son regard rivé sur Leonis.

Les félins argentés progressaient sans hâte. Leur démarche souple et élégante avait quelque chose d'envoûtant. Leurs yeux jaunes brillaient comme des tisons. De l'endroit où il se trouvait, Leonis, perclus d'effroi, pouvait observer chacun des détails caractérisant ces fabuleuses créatures. Le jeu de leurs muscles sous leur peau chatoyante révélait tout de leur extraordinaire vivacité. Leur gueule hérissée de crocs impressionnants demeurait entrouverte, prête à déchiqueter la chair et à broyer les os. L'enfant-lion secoua la tête avec amertume et il réprima un sanglot. Comme ses compagnons et lui l'avaient déjà constaté en assistant au massacre de l'araignée bleue, ces instruments de mort ne semblaient souffrir d'aucune faiblesse. Leonis vit Montu lui adresser un dernier sourire malicieux. Le garçon fit ensuite volte-face et s'agenouilla dans le dessein évident de se livrer à la fureur des félins. Le sauveur de l'Empire ne pouvait douter du fait que, s'il essayait d'atteindre son ami, il se condamnerait du même coup.

Lorsque, finalement, Leonis prit une décision, ce ne fut pas le courage qui s'empara de lui; mais plutôt un élan pernicieux et tout à fait déraisonnable qui, en un éclair, vint balayer toute sagesse de son esprit. Il ne pouvait guère laisser Montu à son horrible sort! Le temps d'un souffle, les battements de son cœur s'accélérèrent, ses muscles se tendirent comme les cordes d'une harpe, et il serra les poings à s'en meurtrir les phalanges. Dans son dos, des cris angoissés se firent entendre. Il reconnut la voix de Menna, mais il ne détourna pas les yeux. Montu était son unique préoccupation. Les redoutables félins se rapprochaient dangereusement de son fidèle ami. En hurlant comme un fou, l'enfant-lion s'élança pour traverser la barrière de brume.

D'emblée, les pieds de Leonis s'enfoncèrent dans le sable fin. Son cri de guerre s'étouffa dans un râle. Avec colère, il constata qu'il n'arriverait pas à courir sur un tel terrain. Il fit une dizaine de pas laborieux avant de comprendre qu'il ne pourrait rien tenter pour préserver Montu de la fin atroce qui l'attendait. Les monstres suspendirent un moment leur progression. Ils prirent la posture distinctive qu'adoptent tous les félins sur le point de fondre sur une proie. La voix de Menna retentit encore:

— C'est une illusion, Leonis! Ce n'est pas Montu qui est devant toi! Reviens vite! C'est un piège!

L'enfant-lion entendit ces paroles, mais, oppressé comme il l'était, il n'en saisit pas immédiatement le sens. Lorsque les créatures de Seth passèrent à l'attaque, Leonis contempla la scène sans remuer. Il affichait la figure ahurie d'un dormeur émergeant subitement d'un profond sommeil. En quelques bonds véloces, les fauves rejoignirent Montu. Ils l'ignorèrent cependant. Cloué sur place, à cinq longueurs d'homme de l'oasis, le sauveur de l'Empire prit conscience que les impitoyables prédateurs fonçaient sur lui. Il sursauta lorsque la poigne solide de Menna se referma sur son bras droit. Avec vigueur, le jeune soldat tira Leonis vers l'arrière. L'adolescent réagit enfin. Entraîné par la grande force de son compagnon d'aventures, il recula vers l'oasis en exécutant de larges foulées. Les félins argentés étaient maintenant si près de lui qu'il pouvait percevoir le bruissement de leurs pas.

L'un des monstres fit un saut prodigieux dans le but de faucher sa victime. Leonis le vit fondre sur lui. Lorsqu'il sentit les griffes de la bête entamer la chair de son torse, il eut la certitude de mourir. Au même moment, un voile blanchâtre lui troubla légèrement la vue. Sans réaliser qu'il venait de franchir la brume protectrice, il vit le félin s'arrêter net. La créature percuta la barrière de brouillard et s'y aplatit comme s'il s'agissait d'une muraille de pierre. Dans un fracas métallique, elle rebondit et roula sur le sable. Emportés par leur course, trois autres monstres se heurtèrent brutalement contre la brume. En dépit de la violence de ces impacts, aucune des créatures ne fut blessée. Elles se relevèrent sans mal pour aller retrouver leurs semblables. Les huit félins argentés se regroupèrent. Il y eut un silence et leur terrorisant rugissement retentit de nouveau.

Le sauveur de l'Empire avait trébuché. Il était maintenant couché sur le dos. Menna était sur lui et le retenait fermement pour l'empêcher de bouger. Le regard de Leonis était tourné vers Montu. Le garçon s'était relevé. Il souriait et marchait maintenant vers l'oasis. Les fauves demeuraient immobiles. À bout de souffle, Menna répéta:

— Ce... ce n'est pas... Montu, Leonis. Notre... ami est... derrière nous. C'est... c'est une ruse. Ce n'est qu'une sinistre ruse.

Encore abasourdi, l'enfant-lion vit Montu changer d'apparence. Sa peau prit lentement la teinte des Dunes sanglantes. La couleur s'accentua encore jusqu'à se muer en rouge éclatant. La silhouette s'allongea et le double de Montu se transforma peu à peu en colosse aux muscles saillants. Les traits du garçon se durcirent. Sa mâchoire inférieure devint plus robuste. Soudainement, la voix rauque et nasillarde de la prisonnière des dunes s'éleva avec force :

— C'est Seth ! Il ne faut pas le regarder dans les yeux ! Son regard pourrait vous rendre fou !

Le regard de Leonis ne croisa pas celui du dieu du chaos. En entendant l'avertissement de Sia, il ferma vivement les paupières. De plus, au cas où l'enfant-lion eût refusé de se conformer à l'injonction de la sorcière, Menna prit soin de lui couvrir les yeux de sa paume. Comme l'avait affirmé le jeune soldat, le véritable Montu se trouvait à quelques pas derrière eux. Sia était à ses côtés. Effrayé par la scène à laquelle il venait d'assister, le fidèle ami du sauveur de l'Empire s'empressa, lui aussi, d'obéir à la prisonnière des dunes.

Seth s'arrêta à une coudée de la barrière de brume. La sorcière d'Horus s'approcha de lui. Sia et le dieu se faisaient face. Sans le voile protecteur, le tueur de la lumière n'aurait eu qu'à tendre le bras pour saisir l'affreuse femme. Seulement, malgré son incommensurable puissance, il ne pouvait rien tenter de tel. Les yeux proéminents et veinés de sang de la sorcière restaient fixés sur la poitrine vigoureuse du maître des Dunes sanglantes. Seth jeta un rire rauque. Ses doigts fuselés vinrent griffer le brouillard et il déclara :

— Tu as failli perdre l'un de tes jeunes compagnons, Sia. Le sauveur de l'Empire s'est jeté dans mon piège comme une mouche se précipite sur le miel. J'espère pour toi que tu ne comptes pas vraiment sur ce ridicule garçon pour te libérer…

— Leonis a traversé ton désert, répondit la sorcière. Tu n'as même pas été en mesure de l'arrêter. Nous savons qu'un duel t'a opposé à Horus. Tu t'es manifestement fait battre dans ton propre domaine, Seth. À mon avis, c'est toi qui es ridicule.

Le dieu du chaos s'esclaffa une nouvelle fois. Sur un ton enjoué, il répliqua :

— Je croirais entendre mon neveu Horus, pauvre folle. Le dieu-faucon a gagné, certes. Mais je lui ai laissé toutes les occasions de me battre. Au fond, j'avais envie de voir Leonis atteindre cette oasis. Je n'avais rien à craindre de sa part. Je savais bien qu'il serait incapable de te délivrer…

— Pourtant, tu tentes toujours de l'éliminer, observa judicieusement Sia.

— Je voulais juste me divertir un peu. J'aime bien contempler mes divines créatures lorsqu'elles détectent, pourchassent et suppriment un mortel. Puisque je ne peux guère les utiliser dans le monde des hommes, il est rare qu'un tel plaisir me soit offert.

Sia pouffa.

— Si tes paroles sont vraies, Seth, tu constateras bientôt que tu as commis une regrettable erreur en permettant à l'enfant-lion de me rejoindre. Je quitterai l'oasis et je combattrai Merab jusqu'à l'anéantir.

— Même si tu étais libre, Sia, tu ne serais pas assez forte pour livrer combat à Merab. Seul ton fils aurait possédé suffisamment de puissance pour le contrer. Merab était au courant. Avant même que ce nuisible gamin ne fût en âge d'utiliser ses pouvoirs, mon envoûteur l'a détruit. C'est dans l'espoir de retrouver ton enfant que tu as suivi Merab dans les Dunes sanglantes. Le vieux a bien manœuvré! Il est presque aussi sournois que je le suis... Existe-t-il un être plus tendre et plus dévoué qu'une mère? Comme Isis l'a fait pour son fils Horus, tu étais prête à tout pour préserver cette vie jaillie de tes entrailles. Isis a réussi. Toi, lamentable Sia, tu as échoué.

Les yeux de Sia se mouillèrent, mais elle s'efforça de conserver son aplomb. Elle inspira profondément et un sourire ténébreux distendit ses lèvres inégales.

— Tu dis vrai, Seth, approuva-t-elle. J'ai échoué. Mais j'ai eu à me défendre contre Merab et contre toi. Tu as toujours prétendu le contraire. Je sais cependant que tu as renseigné ton ignoble serviteur à mon sujet. C'est parce que tu lui as dit où je me trouvais qu'il a pu enlever mon fils. Si tu avais respecté les règles divines, mon petit Chery serait devenu un grand et bénéfique sorcier.

— Mon envoûteur n'a pas eu besoin de moi pour connaître ton existence, Sia. À cette époque, tu as osé libérer quelques hommes des sorts qu'il leur avait jetés. En t'opposant ainsi à Merab, tu t'es révélée à lui. Par la suite, grâce aux facultés de son esprit, il t'a souvent épiée. La naissance de Chery ne pouvait lui échapper. En grandissant, ton fils aurait sérieusement pu compromettre l'avenir du vieux Merab. Il a donc veillé à l'éliminer. Merab a agi seul. Je n'ai pas enfreint les lois divines. De toute manière, ce qui se passe chez les dieux ne concerne que les dieux. Si j'avais été mêlé à cette histoire, ne crois-tu pas que ton maître Horus serait intervenu ? Si mon ingérence avait été prouvée, il aurait eu le droit de sévir contre mon sorcier. Évidemment, le dieu-faucon n'a pas manqué de m'accuser de tricherie devant les autres divinités. Chaque fois qu'il arrive quelque chose de fâcheux à ce pleurnichard, il cherche à m'en imputer la faute.

La prisonnière des dunes remua molle-ment la tête. Une expression de béatitude vint adoucir ses traits disgracieux. À voix basse, elle affirma:

— Mon maître est bon, Seth. Il n'y a rien de sournois en lui. S'il agissait comme tu le fais, il y a longtemps que Merab serait relégué au néant. Ton sorcier est un être néfaste. Malgré tout, Horus n'est pas intervenu dans la lutte qui m'opposait à lui. Même si un tricheur cherchait à lui nuire, mon maître a respecté les règles. Le fils d'Osiris a toujours su mériter la considération des divinités. Il n'en va pas de même pour toi, Seth. Tu manœuvres toujours de manière à ce que les dieux ne puissent pas t'accuser de tromperie. Par contre, ils ne pourront jamais ignorer ton incomparable bassesse. Tout à l'heure, tu as tenté de tuer l'enfant-lion. Dans ton domaine, tu as le droit de disposer des mortels comme bon te semble. L'oasis protège Leonis. Tu lui as donc tendu un piège afin de l'attirer dans les Dunes sanglantes. En agissant de la sorte, tu as démontré que tu avais peur. Tu prétends que tu voulais seulement te divertir, mais je n'en crois rien. Tu sais que le sauveur de l'Empire pourra me délivrer. Tu sais aussi que, lorsque je réintégrerai le monde des hommes, les jours du vil Merab seront comptés. Leonis n'est qu'un simple mortel. Tu le crains, pourtant. Je t'accorde que tu n'as pas triché, aujourd'hui. J'estime tout de même que l'immonde ruse que tu as employée n'était pas digne d'un être divin.

Puisque aucun des occupants de l'oasis ne regardait le visage du tueur de la lumière, personne ne vit poindre la colère dans son regard pâle. L'impétueux Seth faillit perdre son calme. Il parvint toutefois à se ressaisir. Sur un ton qui ne trahissait rien de son exaspération, il riposta :

— Au fond, tu ressembles à ton maître, misérable Sia. Car, tout comme Horus, tu racontes des sottises. Un dieu ne peut pas craindre un mortel. Le cobra craint-il l'oisillon ? Si Leonis quitte un jour l'oasis, tu ne marcheras pas à ses côtés. Ses compagnons et lui finiront par se rendre à l'évidence : ils ne pourront jamais te libérer de l'envoûtement de Merab. Malgré cette certitude, il vaudrait mieux qu'ils ne réintègrent jamais le monde des mortels. Mon sorcier a maintenant rejoint les ennemis de la lumière. Avec ou sans toi, Sia, la quête des douze joyaux ne connaîtra jamais son achèvement. Tu peux désormais cesser d'appeler ce vermisseau « le sauveur de l'Empire ». Leonis ne sauvera rien du tout.

La prisonnière des dunes se contenta de sourire. Son vis-à-vis recula de quelques pas et les félins argentés vinrent l'entourer. Le dieu du chaos tendit la main pour caresser le crâne miroitant de l'une de ses abominables créatures. Son regard s'attarda ensuite sur Leonis. Les yeux de l'enfant-lion demeuraient dissimulés sous la paume de Menna qui le maintenait toujours au sol. Ses lèvres et son menton tremblaient violemment. Était-ce la peur ou l'indignation qui l'agitait ainsi? Seth ne pouvait sonder l'âme du sauveur de l'Empire. La barrière de brume l'en empêchait. Le dieu eut néanmoins la conviction que Leonis frémissait de terreur. D'une voix douceureuse, il dit:

— Tu trembles comme le lièvre, Leonis. Vous formez un groupe tout à fait grotesque, tes compagnons et toi. Le salut de l'Empire est devenu une charge beaucoup trop lourde pour vous. Jusqu'à ce jour, vous avez eu la tâche facile. Vous croyez avoir surmonté de pénibles épreuves et accompli de fabuleux exploits. Mais vous ne devez vos réussites qu'à une suite d'heureux hasards. Tu étais très jeune, Leonis, lorsque tu as été vendu comme esclave. Ton destin était de servir les hommes. Sache que cette réalité n'avait rien d'injuste: tu ne valais pas mieux… Malgré tout, un jour, la chance a tourné en ta faveur. On a vu en toi le sauveur du royaume d'Égypte et on t'a traité comme un prince. Ce temps est révolu, enfant-lion. À Memphis, tu es à présent considéré comme un lâche. Mykérinos ne croit plus en toi. Tu n'as donc aucun intérêt à réintégrer le monde des mortels. D'autant que, encore une fois, la chance te favorise drôlement! Tu étais, à n'en pas douter, voué à une pitoyable existence de souffrances et de privations. En dépit de ce fait, tu te vois offrir la possibilité de vivre de douces et de nombreuses années dans cette oasis. Il faudrait que tu sois insensé pour quitter ce paradis. Dans le monde des hommes, tu seras livré à la formidable puissance de Merab. Puisque les adorateurs d'Apophis veulent ta mort, Merab fera en sorte de les satisfaire rapidement. J'aimerais bien pouvoir avertir mon sorcier de ne plus se préoccuper de ta négligeable personne. Puisque tu es déjà vaincu, son intervention serait bien inutile. Par malheur, il m'est interdit d'agir ainsi. Comme le disait Sia, il existe des lois divines et, contrairement à ce que prétend cette horrible femme, je respecte scrupuleusement ces lois... Je dois vous quitter, maintenant. S'il arrivait que l'aventure vous manque, soyez assurés que mes chères créatures resteront toujours à votre entière disposition.

Après ces mots, le tueur de la lumière fit entendre un dernier éclat de rire fracassant et chargé de menace. Sia vit la silhouette de Seth s'estomper avec la promptitude d'une goutte d'eau sur une pierre brûlante. Les fauves argentés prirent lentement la direction des dunes. Le silence revint. Plus écrasant que jamais.

7
L'ALLIANCE

Hapsout faisait les cent pas devant une petite maison grise et cubique, une construction rigoureusement pareille à la cinquantaine de demeures que comportait le village souterrain des adorateurs d'Apophis. Plusieurs heures auparavant, il avait entraîné Merab dans les couloirs obscurs et sinueux conduisant à l'antre de Baka. En quittant ce dédale, on débouchait sur une haute corniche qui surplombait une salle gigantesque. L'aménagement de ce repaire défiait l'entendement. La première fois qu'il avait contemplé cet endroit, Hapsout en avait eu le souffle coupé. Le jeune homme avait bêtement songé que le vieux sorcier se pâmerait d'admiration en embrassant du regard les singulières installations des ennemis de la lumière. Pourtant, Merab n'avait montré aucun signe de surprise. En posant le pied sur la corniche, tandis que Hapsout guettait sa réaction en affichant un sourire empreint de fierté, le vieillard avait maugréé:

— Ce lieu est un véritable nid de cloportes. Qu'est-ce que tu fabriques, Hapsout? Ton maître compte-t-il me recevoir sur cette corniche?

— N… non, sorcier Merab, avait répondu le jeune homme. Je… je voulais vous laisser le temps de… de jouir de la vue.

— Quelle absurdité! avait rugi l'envoûteur. Au lieu de jouer les guides, hâte-toi de me conduire à l'endroit qui m'est réservé. J'ai besoin de faire une petite sieste.

— Mais… le maître Baka vous attend, sorcier Merab! Dans le temple, il y a tout ce qu'il faut pour vous restaurer! Vous… vous pourrez dormir après avoir rencontré le maître…

— Baka m'attendra, Hapsout. Ton maître ne quitte presque jamais ce trou à rat. Il pourra bien patienter un peu.

Ennuyé, l'adorateur d'Apophis avait escorté le sorcier jusqu'à cette petite maison située aux abords de la grande place du village. Hapsout s'était ensuite empressé d'aller dire à Baka que son visiteur avait pris la décision de se reposer un peu avant de se présenter à lui. Ce caprice avait visiblement irrité le chef des ennemis de la lumière. Baka avait tout de même accédé aux exigences de Merab. Seulement, la patience du maître avait ses limites! L'après-midi était encore jeune lorsque l'envoûteur avait passé la porte de la demeure. Maintenant, le soir tombait sur le désert. Le vieux Merab semblait prendre un malin plaisir à contrarier ses hôtes. Chaque fois que Hapsout était allé lui demander s'il était prêt à gagner la salle du trône, le sorcier lui avait adressé une nouvelle requête. Merab avait dormi. Il avait pris un long bain, et un serviteur avait oint sa peau d'huile. Son corps avait été parfumé avec de l'encens. Il avait exprimé le désir de se vêtir convenablement et on lui avait donné la tunique rouge des profanes. Merab avait mangé et bu, avant d'exiger encore qu'on lui fournisse un rouleau de papyrus, de l'encre noire et quelques calames. Ensuite, le vieillard s'était absorbé dans la rédaction d'une interminable liste qu'il n'avait pas encore achevée. La dernière fois que Hapsout était entré dans la petite maison, Merab lui avait assuré, sans oublier, bien sûr, de lui lancer quelques injures au passage, qu'il serait bientôt prêt à se rendre au Temple des Ténèbres.

Hapsout leva les yeux. Près de la voûte de la caverne, des centaines de chauves-souris criardes s'étaient réunies dans un nuage sombre et fourmillant. Si ces lugubres bestioles s'apprêtaient à sortir, c'était parce que le soleil se couchait. Le jeune adorateur d'Apophis frappa le sol de son bâton de bronze. Il eut un rictus désabusé. Le sorcier avait suffisamment perdu de temps ! Il fallait que son petit jeu cessât ! Hapsout était tiraillé entre sa volonté de satisfaire l'irascible Baka et sa crainte de subir les foudres du puissant Merab. Il s'apprêtait à pénétrer pour la vingtième fois dans la maison lorsque le vieillard daigna enfin en sortir. Le rouleau de papyrus était emprisonné sous son bras. L'envoûteur fit quelques pas. Après avoir parcouru d'un regard dédaigneux la grande place entourée de flambeaux, il y alla de cet ironique commentaire :

— Je me trouve dans le repaire des ennemis de la lumière. Pourtant, jamais je n'ai vu de grotte aussi vivement éclairée !

Hapsout s'inclina gauchement et ouvrit la bouche pour dire quelque chose. Merab l'arrêta en grommelant :

— Je sais, sombre idiot, le maître Baka m'attend. Je suis prêt. Je connais même le chemin pour le rejoindre. Mais, puisqu'il ne serait pas très courtois de ma part d'éliminer les gardes et de pénétrer seul dans la salle du trône, je te laisserai le privilège de m'annoncer. Ton maître est un homme orgueilleux. Il faut éviter de froisser davantage sa susceptibilité.

Le disgracieux jeune homme approuva timidement d'un bref signe de la tête. Ils traversèrent la place pour emprunter l'allée menant au Temple des Ténèbres. Quelques hommes discutaient en bordure du grand bassin encadré de statues qui longeait la façade du temple. Ils toisèrent Merab avec morgue. La tunique rouge qu'il portait signifiait qu'il n'était pas l'un des leurs. Le vieux sorcier les ignora. Ils franchirent une porte surveillée par deux colosses armés de lances. Un long couloir menait à la salle du trône. À l'entrée de celle-ci étaient postées deux autres sentinelles. Hapsout demanda à Merab de patienter. Le vieux acquiesça dans un grognement. Le jeune homme pénétra dans la salle. Il réapparut quelques instants plus tard pour signifier à Merab qu'il pouvait entrer.

L'envoûteur franchit le chambranle. Son visage ocre et creusé de rides s'adoucit légèrement. Il fallait feindre le respect. Non qu'il craignît Baka. En vérité, il n'éprouvait qu'un immense mépris pour ce personnage. Cependant, puisque Seth lui avait ordonné de s'allier aux adorateurs d'Apophis, il n'avait pas d'autre choix que celui d'obéir à son maître. De surcroît, l'intervention de Seth devait demeurer secrète. Afin de ne pas éveiller les soupçons des dieux, Merab était tenu de montrer que la visite qu'il rendait à Baka émanait de sa propre volonté. En franchissant la porte, le vieillard se promit donc de dissimuler sa malveillance habituelle derrière une attitude un peu plus amène. Il fut escorté par les gardes qui le conduisirent devant le trône.

Une splendide jeune femme au visage inexpressif et un personnage aux allures de prêtre étaient assis aux côtés du maître des ennemis de l'Empire. Baka portait une tunique sombre et ample. Un némès[4] noir strié de rayures rouges le coiffait. Sa poitrine était parée d'un large collier d'or qui étincelait dans la lumière des flambeaux. Merab adorait l'or. Durant un moment, il fixa le collier de Baka avec une envie à peine dissimulée. Les lèvres du sorcier dessinèrent un sourire et il leva finalement les yeux sur la figure exaspérée du maître des lieux. Le chef des adorateurs d'Apophis considérait le vieillard d'un regard lourd de signification. Sa colère était palpable. Sur un ton acerbe et en mordant dans chaque syllabe, il lança :

— Tu as mis ma patience à rude épreuve, Merab. Je suis curieux de connaître les raisons qui t'ont mené jusqu'ici. J'espère pour toi que ces motifs sont sérieux. Dans le cas contraire,

---

4. NÉMÈS : NOM DE LA COIFFURE À RAYURES QUE PORTAIT LE PHARAON EN DEHORS DES CÉRÉMONIES.

tu sauras vite combien il en coûte de me faire perdre mon temps.

Merab baissa la tête en feignant l'humilité. À voix basse, il répondit :

— Je n'avais pas l'intention de vous faire perdre votre temps, maître Baka. J'ai quitté Thèbes il y a deux mois pour venir vous rencontrer. Je suis vieux, et ce long voyage dans le désert m'a épuisé. Je devais recouvrer mes forces, vous comprenez ? Je suis au courant de la lutte que vous menez contre l'Empire. Je possède certains pouvoirs et mon aide pourrait vous être utile… Je suis celui qui a permis à Hapsout de retrouver la sœur de l'enfant-lion.

— Je sais qui tu es, Merab. Tu nous as aidés à mettre la main sur cette fillette et tu as été grassement payé pour tes dons de voyance. Mais, aujourd'hui, tu as tué l'un de mes hommes. On m'a aussi annoncé que tu n'avais aucun respect pour les adorateurs d'Apophis. Selon tes dires, nous ne serions qu'une ridicule bande de fanatiques… Ce genre d'offense est inadmissible. Je ne tremble pas devant ta puissance. Si tu viens vraiment dans le but de nous aider, pour quel motif as-tu voulu ainsi provoquer ma colère ?

Tandis que le maître parlait, le vieux sorcier sondait ses pensées. Baka était vraiment furieux. Il avait peur, aussi. Terriblement peur. Car, même s'il ne possédait qu'une vague idée des facultés de l'envoûteur, il ne pouvait contester la force de cet homme. Ce jour-là, le maître des adorateurs d'Apophis avait vu le corps broyé du garde que le vieillard avait tué. Il avait considéré le cadavre d'un air impassible, mais cet examen l'avait troublé au plus haut point. En affirmant qu'il ne craignait pas les pouvoirs de son visiteur, Baka avait menti. Toutefois, un homme de sa trempe pouvait-il révéler ses craintes? En plus de la femme et du prêtre qui l'accompagnaient sur la tribune, une dizaine d'adeptes se trouvaient dans la salle. Devant ces gens, le maître des adorateurs du grand serpent devait montrer que Merab ne l'intimidait pas. Puisque ce vieil homme avait osé le défier, il méritait d'être puni! Baka se comportait en chef, mais cette situation le tourmentait. Si, malgré l'inconcevable conduite du sorcier, le maître avait consenti à le recevoir, c'était avant tout parce qu'il ne pouvait refuser l'appui d'un tel personnage. Dans son for intérieur, Baka espérait que Merab trouverait les bons arguments pour justifier les actes qu'il avait commis. Le vieillard, lui, bien qu'il savourât la contrariété du chef des ennemis de la lumière, regrettait un peu d'avoir fait une entrée aussi fracassante. Merab détestait discuter avec les médiocres mortels. À présent, il devait tâcher de s'attirer les bonnes grâces de Baka en lui fournissant des explications. Il trouvait cela déshonorant. Le vieil envoûteur toussota, se racla la gorge et déclara sur un ton repentant :

— J'ai tué ce garde parce qu'il a voulu me tuer, maître Baka. Si j'ai eu recours à la magie, c'est que je suis trop âgé pour me défendre autrement. Bien sûr, sa mort a été plutôt… violente, mais il fallait que les autres sentinelles comprennent que j'étais sérieux et puissant. Si elles m'avaient toutes attaqué, nous aurions plusieurs morts à déplorer ce soir… et je ne serais pas de ce nombre… Vos hommes refusaient de m'écouter. Ils m'ont injurié et ils ont menacé d'offrir ma vieille carcasse aux vautours. Maintenant, j'apprends qu'ils vous ont raconté que j'ai dit des choses offensantes au sujet de vos redoutables hordes. J'ai dit des choses. Je ne le nie pas. Le soleil me rendait irritable, et puis j'étais sous le coup de l'émotion. J'ai mon amour-propre, maître Baka. Vos hommes se sont montrés très irrespectueux à mon endroit. Leurs paroles m'ont blessé et j'ai répliqué sans réfléchir. En toute logique, aurais-je parcouru le désert pour rejoindre des combattants que je ne respecte pas ? Mes facultés m'ont guidé jusqu'à votre repaire. Je suis venu pour combattre à vos côtés. Je veux vous aider à anéantir l'empire d'Égypte.

La figure de Baka demeura indignée. Son esprit, par contre, s'était apaisé. Ceux qui se trouvaient dans la salle ne pourraient mettre en doute la domination de leur chef. La déférence de Merab démontrait qu'il se soumettait à sa volonté. Baka fit mine de réfléchir aux paroles du vieillard. Sans se départir de son air impérieux, il demanda :

— Pour quelle raison n'es-tu pas venu avant ce jour, Merab ? Il y a quelques mois, Hapsout t'avait proposé de te joindre à nous. Tu lui avais alors répondu que tu ne voulais pas utiliser tes pouvoirs contre l'enfant-lion. Tu lui avais aussi affirmé que tu n'avais pas envie de voir l'Empire disparaître. Qu'est-ce qui t'a fait changer d'avis ?

— Je suis sous le parrainage du puissant Seth. Récemment, il m'a fait savoir que, lorsque l'Empire sera détruit, j'évoluerai dans son entourage. Je n'ai donc plus rien à craindre du grand cataclysme. Désormais, il me tarde d'assister à la fin des fins. En ce qui concerne le sauveur de l'Empire, il est protégé par la déesse Bastet. Le tueur de la lumière ne voudrait sans doute pas que j'agisse directement contre ce garçon. Je n'ai donc pas l'intention d'envoûter l'enfant-lion… Toutefois, si vous tenez à mettre la main sur Leonis, vous n'aurez qu'à m'inter-roger à son sujet… Les renseignements se font rares depuis que votre espion a été mis hors d'état de nuire…

Baka sursauta et un murmure s'éleva dans la salle. Le maître des adorateurs d'Apophis tourna les yeux vers le prêtre qui était assis à sa droite. Les deux hommes se regardèrent un moment et Baka reporta son attention sur Merab. Il reprit la parole d'une voix moins acrimonieuse que précédemment:

— Comment peux-tu savoir que notre espion a été démasqué?

— Je peux tout savoir, maître, fit le sorcier en souriant.

— Où se trouve le sauveur de l'Empire en ce moment?

Merab ne pouvait répondre à cette question. Il savait que, dans le but de rejoindre et de libérer la prisonnière des dunes, l'enfant-lion avait pénétré dans le domaine de Seth. Cependant, puisque son esprit ne pouvait franchir la frontière de ce territoire, l'envoû-teur ignorait si Leonis avait pu survivre à cette périlleuse aventure. Puisque, pour l'instant, il n'était pas en mesure de satisfaire la curiosité de Baka, il prétexta:

— La sorcellerie est une chose complexe, maître Baka. Pour la pratiquer, même le plus habile des envoûteurs doit disposer d'un endroit particulier. Pour me livrer à mon art, j'aurai besoin d'une grande pièce avec un gros bloc de pierre au centre...

Merab s'interrompit. Il tendit à Baka le rouleau de papyrus contenant la longue liste qu'il avait rédigée plus tôt. Le maître s'en empara en plissant le front. Le sorcier continua:

— Sur ce papyrus, j'ai dressé la liste de tous les objets et de toutes les substances qui me seront nécessaires. Certains envoûtements ne se font pas en claquant des doigts. Je dois donc disposer de quelques petites choses avant de pouvoir œuvrer. Il importe aussi que la pièce qui sera mise à ma disposition donne accès à une chambre plus petite. J'utiliserai cet endroit pour dormir. Je veux que le sol de ce lieu soit recouvert d'or...

— Comment? explosa Baka. Tu n'as encore rien fait pour nous et tu voudrais que je te couvre d'or!

— Oh! fit le sorcier en haussant les épaules, cet or ne m'appartiendra pas, maître. Il restera votre possession. Pour tout vous dire, ce précieux métal possède des propriétés spécifiques et inépuisables qui sont essentielles à tout sorcier. En ce qui me concerne, je dors sur l'or depuis des siècles. Je dois m'imprégner du fluide surnaturel de cette matière. Je comprends votre surprise. Mais sachez que, pour moi, l'or n'est pas qu'un vulgaire signe de richesse. C'est dans l'or que réside le secret de ma force. Si vous n'accédez pas à ma demande, j'ai bien peur de ne pas pouvoir vous aider…

— Ta requête est plutôt étrange, vieux sorcier, soupira Baka. Les adorateurs d'Apophis possèdent beaucoup d'or. Il serait facile de te satisfaire sur ce point… Si je te procure tout ce que tu demandes, quand pourras-tu te mettre à l'œuvre?

— Dès que je disposerai de tous les éléments qui sont mentionnés sur ce papyrus, maître Baka. On ne peut pas faire de pain si on n'a pas de grains.

Le maître des adorateurs d'Apophis murmura quelques mots à l'oreille de la jeune femme qui se trouvait sur sa gauche. Celle-ci eut un geste affirmatif. Baka posa une nouvelle fois son regard sur l'envoûteur. Il l'examina longuement avant de décréter:

— Tu auras ce que tu désires, Merab. Mon épouse Touia se chargera de réunir toutes les choses spécifiées sur ta liste. Tu seras logé dans le temple. Les deux pièces que tu demandes seront aménagées selon tes exigences… Tu porteras la tunique du profane jusqu'au jour où je te jugerai digne d'appartenir aux nôtres.

Merab s'inclina en faisant mine d'être très heureux. Il songea que, pour rien au monde, il n'aurait voulu se montrer digne de cette bande d'imbéciles. L'alliance était presque scellée. La volonté de Seth serait respectée. Bientôt, le sorcier se vautrerait dans l'or. Du reste, il trouvait que le rouge lui allait vraiment bien.

8

LA CONJURATION
DES TÉNÈBRES

Réunis autour d'un feu de camp, Leonis, Montu et Menna méditaient. Toujours ébranlés par les horribles instants qu'ils avaient vécus ce jour-là, les aventuriers semblaient hypnotisés par le mouvement sinueux des flammes. Dans l'oasis de Sia, la nuit était à ce point absolue qu'elle donnait à penser qu'aucun nouveau jour ne parviendrait à la chasser. Chaque soir, le soleil enjambait l'horizon dans un magnifique mariage d'or et de pourpre. Ensuite, les ténèbres imbibaient toute chose. La lune, dont la lueur sanguine franchissait à grand-peine le dôme brumeux, semblait mourante. Aucune étoile n'était visible. Dans la plénitude du silence, les habitants de l'oasis avaient parfois l'impression d'évoluer sous les eaux. D'ordinaire, le feu prodiguait un réel réconfort au trio. Sa lumière venait chasser l'opacité de tombeau de la nuit. Le crépitement des flammes leur faisait oublier qu'aucun insecte ne stridulait dans les herbes hautes; que le coassement de la grenouille, l'appel flûté de la chouette ou le glapissement du chacal appartenaient tous au chant nocturne d'un monde différent. Mais, en ce moment, le feu ne parvenait guère à percer l'obscurité qui envahissait l'âme des mortels. La ruse de Seth avait mis leur grande vulnérabilité en évidence. Les paroles du dieu du chaos avaient semé en eux un doute considérable. Aucun des trois compagnons n'eût osé l'admettre ouvertement, mais la tâche qu'ils avaient le devoir d'achever leur paraissait plus irréalisable que jamais.

Après la disparition du tueur de la lumière, Menna avait relâché Leonis. La poitrine du sauveur de l'Empire était maculée de sang. Les griffes du félin qui avait bondi sur lui avaient marqué sa chair de quatre entailles nettes et parallèles. Sia avait vite examiné le blessé. Les plaies étaient sans gravité. Il était tout de même effrayant de constater combien Leonis avait vu la mort de près. S'il avait été un peu plus éloigné de la barrière de brume lorsque la créature l'avait touché, les dangereuses griffes eussent assurément labouré son cœur. L'enfant-lion avait enlacé ses amis avec force. Aucune parole n'eût pu exprimer l'accablement qui se lisait dans le regard des membres du petit groupe. Ils avaient regagné le campement en parlant très peu. La sorcière d'Horus avait soigné et bandé le torse de l'adolescent. Par la suite, sans poser la moindre question, Leonis s'était glissé dans la hutte qu'il partageait avec Menna et Montu. Il existe des tourments qui repoussent le sommeil. D'autres afflictions, trop insupportables, exhortent les êtres qui les éprouvent à prendre la torpeur pour refuge. Cet après-midi-là, Leonis avait glissé dans un sommeil de plomb.

À son réveil, il avait constaté avec étonnement que la nuit était tombée. Une douleur à la poitrine lui avait remémoré l'assaut de la créature de Seth. Il avait touché le bandage qui recouvrait sa blessure. Le lin n'était que légèrement humide : ses plaies n'avaient pas beaucoup saigné. Les lueurs du feu de camp dansaient sur les cloisons précaires de la hutte. L'enfant-lion avait chassé les dernières vapeurs de son engourdissement. Il s'était ensuite levé pour rejoindre les autres. Sia n'était pas là. Montu et Menna avaient accueilli Leonis en s'efforçant de lui sourire. Cette tentative n'avait cependant pas réussi à effacer l'angoisse qui assombrissait leurs traits. Ils s'étaient inquiétés de l'état de la blessure de leur compagnon ; puis, une fois rassurés, ils s'étaient tus pour lui laisser le soin d'entamer la conversation. Le sauveur de l'Empire était assis depuis un bon moment déjà lorsqu'il murmura :

— Tu es arrivé juste à temps, Menna.

— Il s'en est fallu de peu, répondit le soldat. Tu dois la vie à Sia, mon ami. Je m'affairais à réparer mon carquois lorsqu'elle est venue m'annoncer que tu étais en danger. Elle m'a dit en criant que Seth t'avait tendu un piège. Elle m'a expliqué rapidement ce qu'elle voyait en esprit. J'ai couru jusqu'à toi. En apercevant le double de Montu, j'ai vite compris la ruse. Heureusement que je savais que le vrai Montu se trouvait derrière moi...

— Sia s'est mise à hurler comme si le feu la dévorait, enchaîna Montu. À ce moment, je donnais de l'orge à mon ânesse. Quand j'ai vu Menna foncer vers le sentier, je me suis élancé à sa suite... Je n'ai rien perdu de la scène... Sur le coup, je me suis demandé qui était ce garçon qui restait agenouillé sur le sable en attendant que les monstres le dévorent. Lorsque Menna t'a crié que ce n'était pas moi, j'ai remarqué qu'il avait un peu mon apparence... Au moment où tu as franchi la brume, je n'avais pas encore saisi ce qui se passait. D'ailleurs, plus tard, il a fallu que

Menna m'explique tout… C'était affreux, Leonis. J'étais certain que tu n'échapperais pas à ces créatures.

L'enfant-lion prit sa tête entre ses mains et maugréa :

— Seth m'a bien eu. J'étais sur le sentier quand j'ai entendu ta voix qui m'appelait, mon vieux. Lorsque j'ai vu ton double à l'extérieur de l'oasis, comment aurais-je pu me douter qu'il s'agissait d'un piège ? Ce mirage n'avait pas qu'un peu ton apparence, Montu : il te ressemblait en tous points ! Ton aspect, ta voix, tes gestes ; tout était si parfait ! Imagine ce que j'ai pu ressentir en te voyant marcher dans le désert. Je te suppliais de revenir et tu me disais qu'il n'y avait rien à craindre. Tu m'insultais, aussi. J'ai cru que tu avais perdu la raison… Quand les félins se sont montrés, j'étais terrorisé. J'ai traversé le brouillard comme un insensé. Je ne pouvais faire autrement.

— Nous comprenons, Leonis, fit Menna en touchant l'épaule de son ami. Nous avons déjà discuté du fait que, puisque tu es le sauveur de l'Empire, tu ne devrais jamais risquer ta vie pour sauver l'un de nous. Ton cœur est cependant trop loyal et trop valeureux pour que tu acceptes de te soumettre à une telle règle.

Leonis hocha la tête d'un air triste. D'une voix vacillante, il interrogea :

— Suis-je encore le sauveur de l'Empire ? Allons-nous enfin libérer Sia ? Croyez-vous que Seth disait la vérité en affirmant que Pharaon me considère maintenant comme un lâche ?

— Il faut tenter d'oublier les paroles de Seth, recommanda Menna. Il est certain que le dieu du chaos n'avait aucune envie de nous encourager. Le roi connaît ta valeur. Tu n'as rien d'un lâche. Il serait absurde de croire que Mykérinos puisse te considérer ainsi. Il y a deux jours que l'un des faucons de la sorcière a quitté l'oasis pour livrer notre message. Nous devons demeurer confiants, Leonis. Ce brave Amset atteindra son but. Pharaon saura que nous sommes toujours vivants et que nous n'avons pas abandonné la quête.

— Pourvu que ce message ne tombe pas entre les mains de n'importe qui ! s'inquiéta encore Leonis. Il faut que Mykérinos soit prévenu de l'existence de Merab. Si le second coffre a été ouvert, Pharaon nous a peut-être déjà remplacés… S'il a désigné d'autres hommes pour partir à la recherche des trois prochains joyaux, j'espère qu'ils pourront accomplir leur mission. Maintenant que le sorcier de Seth s'est allié à nos ennemis, il utilisera sûrement sa sorcellerie pour nuire à la quête.

Pensif, Montu soupira :

— Je sais qu'il vaudrait mieux ne plus songer aux paroles de Seth. Toutefois, en affirmant que Sia serait trop faible pour se mesurer à son sorcier, il disait peut-être la vérité… Nous aurons au moins appris que c'est pour sauver son enfant que la sorcière d'Horus a pénétré dans les Dunes sanglantes.

— En effet, approuva Menna, nous en savons maintenant un peu plus sur le passé de cette pauvre femme. Seth a ravivé en elle des souvenirs douloureux. Après avoir rencontré le tueur de la lumière, elle n'a presque rien dit. Elle semblait très triste.

— Où est-elle ? demanda l'enfant-lion.

— Elle s'est couchée très tôt, l'informa Montu. Elle s'est réfugiée dans sa hutte tout de suite après le repas du soir.

Ils se turent. Leonis leva les yeux pour regarder la lune terne. Montu jeta négligemment quelques brindilles dans le feu. Menna fit tournoyer son poignard sur le sable durci. Au bout d'un long moment de silence, l'enfant-lion dit :

— Je me sens vieux, mes amis. Toutes ces épreuves que nous avons traversées m'ont transformé. Aujourd'hui, j'étais étendu dans l'herbe et je pensais à Esa. Pour la première fois depuis des semaines, je me sentais bien, j'avais le cœur léger ; je ne songeais plus à ma mission et j'avais le sentiment d'être un garçon semblable aux autres... Quelques instants plus tard, j'étais dans le désert pour tenter de sauver mon ami. Huit bêtes de cauchemar fonçaient sur moi... J'avais réussi à chasser mes tourments, mais Seth me les a rendus. Il y a huit mois de cela, j'ai entrepris ma quête. Seulement huit mois... J'ai pourtant l'impression que cinq années se sont écoulées depuis ce jour...

— Cette impression n'a rien d'étonnant, répliqua Menna. En deux saisons[5], nous avons affronté plus d'obstacles et de dangers que la plupart des hommes n'en rencontrent en cent ans de vie. Nous sommes tous les trois ébranlés, Leonis. Je suis un soldat de l'Empire. Dès mon enfance, je rêvais de démontrer ma bravoure à Pharaon. Malgré tout, je dois admettre que le combat que nous menons surpasse tout ce que j'aurais pu imaginer. Les flèches sont inutiles contre les dieux et les sorciers. Je dois avouer que j'ai peur, Leonis. Cette quête devient de plus en plus difficile. Nous avons franchi les Dunes sanglantes dans

---

5. L'ANNÉE ÉGYPTIENNE COMPORTAIT TROIS SAISONS DE QUATRE MOIS.

le but de libérer Sia. Maintenant, nous doutons d'elle. Nous avons accompli la moitié de notre mission, mais, à présent, nous doutons de nous… Seth a assombri nos âmes. C'est ce qu'il cherchait. La lumière est dans les actes que nous avons déjà accomplis. C'est dans nos réussites et non dans nos éventuelles défaites que nous devons la puiser.

— C'est vrai, Menna! s'exclama Montu. Fini le chagrin! Il faut rire, maintenant! Bastet a affirmé à Leonis que Sia pouvait contrer le méchant Merab. Si elle l'a dit, il faut la croire. Moi aussi, je me sens vieux depuis quelque temps. Nous ne rigolons plus comme avant, les gars. La quête des douze joyaux est une chose importante, mais sommes-nous obligés de demeurer aussi sérieux?

— Vous avez raison, mes amis, acquiesça le sauveur de l'Empire en souriant. Et puis, puisque nous avons déjà découvert deux coffres, notre quête sera désormais celle des six joyaux. Dans peu de temps, Pharaon recevra notre message. Lorsque nous retournerons à Memphis, nous verrons bien s'il compte toujours sur nous. Nous lui expliquerons la situation. S'il décidait tout de même de nous faire expulser de l'enceinte du palais royal, que pourrions-nous y faire? Pharaon est un dieu parmi les hommes.

Nous irons selon sa volonté. Bien sûr, il y a Esa… La belle Esa… Je ne la reverrais jamais si son père agissait ainsi. Au fond, je me rends compte qu'elle ne représente qu'un doux rêve. Mes bras ne sont pas dignes de l'enlacer comme je l'ai déjà fait. Ma peau n'est pas assez noble pour se nourrir de sa chaleur. Et ses lèvres… Comment pourrais-je oser m'y abreuver encore?

Montu eut un rire moqueur. Il se donna une tape sur la cuisse et lança:

— Il ne manque que quelques notes de harpe et tu nous ferais pleurer, mon vieux! Comme c'est beau, l'amour! On se nourrit de chaleur et on s'abreuve de baisers! Personnellement, je préfère une oie rôtie à point et un gobelet de bière d'orge! À mon avis, c'est beaucoup plus nourrissant!

— Tu peux bien te moquer de moi, Montu, répliqua Leonis en rougissant. La nuit dernière, tu parlais dans ton sommeil. Tu disais: «Mérit! Ma tendre Mérit! Comme tu me manques! Je t'aime encore plus que les succulents gâteaux que tu cuisines!»

— Ce n'est pas vrai! se récria Montu. Je ne parle pas dans mon sommeil! Et puis, ce n'est pas parce que Mérit est mon amie que je suis amoureux d'elle! Mérit est très jolie. Sa sœur Raya l'est tout autant. J'apprécie beaucoup la compagnie de tes servantes, mais elles sont comme des sœurs pour moi.

— Bon, hasarda Leonis en retenant un fou rire, puisque c'est ainsi, je ne craindrai plus de te briser le cœur, mon ami. Si je ne peux pas épouser Esa, j'épouserai les jumelles. Tu as raison : elles sont très jolies. En outre, elles sont intelligentes, talentueuses et dévouées…

— Tu… tu feras ce… ce que tu voudras, bredouilla Montu. Mais… je trouve que Raya ferait pour toi une meilleure épouse… Mérit est… Enfin, elle est… Oh! après tout, qu'est-ce que ça peut faire? Je l'avoue! J'aime Mérit! Tu es plus sournois que Seth, Leonis! Tu m'as tendu un horrible piège! D'abord, tu m'insultes; ensuite, tu t'amuses à mes dépens!

— Je ne t'ai pas insulté, Montu.

— Si, mon vieux. Tu as failli mourir pour me sauver la vie. Normalement, je te serais très reconnaissant pour ce que tu as fait. Mais, quand j'ai vu ce mirage que tu as pris pour moi, ça m'a un peu fâché… Tu ne pouvais pas te tromper ainsi, Leonis! Ce garçon était beaucoup moins beau que moi! Si tu oses dire encore qu'il me ressemblait beaucoup, je ne te parlerai plus!

L'enfant-lion laissa libre cours à un rire franc et libérateur. Montu tenta de réprimer son hilarité en serrant les mâchoires. Ce fut peine perdue. Le ventre dans ses mains, l'ami de Leonis se laissa choir sur le sable pour s'esclaffer à son tour. Menna, lui, souriait bêtement. Il n'avait pas prêté attention aux dernières paroles de ses compagnons. Il faut dire que, depuis quelques instants, le soldat se livrait à d'intenses réflexions.

9
LA TÊTE DE BOIS

Le médecin acheva son examen en palpant les pieds menus de Tati. La fillette laissa échapper un rire flûté et remua les orteils. L'homme se redressa. Il se massa le menton d'un air embarrassé. La belle et noble dame qui se tenait à ses côtés lui demanda avec angoisse :

— Quelque chose ne va pas, Khaemhat ?

— Tout va très bien, Khnoumit, répondit le médecin. Je suis simplement un peu… étonné. Cette petite était vraiment mal en point lorsque je l'ai examinée la première fois. Il y a trois mois, elle ressemblait à une momie mal embaumée. Elle était tellement maigre ! Son teint était terne et sa peau était rongée par la vermine… Si je ne savais rien de l'état dans lequel elle se trouvait à son arrivée, j'aurais l'impression que cette fillette a toujours habité ici. Tati est vraiment vigoureuse. On dirait que le dieu Bès l'a touchée.

— Je l'ai bien soignée, assura la dame avec fierté.

— La belle Khnoumit est toujours très gentille avec moi, ajouta Tati en se levant de sa chaise. Est-ce que je peux aller m'amuser dans les jardins maintenant?

— Bien sûr, ma souris, acquiesça Khnoumit.

D'un pas léger, la fillette quitta la pièce. Le médecin se racla la gorge et dit à voix basse:

— Je ne comprends pas, Khnoumit.

— Qu'est-ce que tu ne comprends pas, Khaemhat?

— Pour quelle raison dorlotes-tu ainsi cette petite? Elle est la sœur de notre ennemi. À quoi sert-il de soigner un bœuf qui sera bientôt tué? Tu es attachée à elle, à ce que je vois... Tu pourrais en souffrir...

Khnoumit posa un regard indigné sur le médecin. Elle serra les lèvres et lança froidement:

— Tati ne sait pas que son frère est notre ennemi. Elle n'est pas un bœuf. Et puis, pour le moment, Baka n'a aucune intention de la tuer. Dans cette demeure, j'agis comme je l'entends, Khaemhat.

— Je... je ne voulais pas te contrarier, Khnoumit.

La belle femme s'efforça de sourire. Elle fit quelques pas dans la chambre et déclara :

— Ce n'est rien, Khaemhat. Je te remercie d'avoir examiné Tati avant de partir pour le Temple des Ténèbres. Comme d'habitude, tu ne reviendras pas avant plusieurs semaines. Il y a sans doute beaucoup de travail qui t'attend là-bas…

— En effet, soupira le médecin. Les combattants de notre armée sont de robustes et fiers gaillards. Si l'un d'eux est malade, il ne tient pas à ce que les autres le sachent. Ceux qui sont blessés ne s'en vantent pas. Je dois souvent me montrer très perspicace pour déceler leurs maux. Je fais mon travail du mieux que je le peux. Malheureusement, ces hommes considèrent le vin comme la seule médecine digne de ce nom. Ils se moquent des onguents et des potions… Ces derniers mois, nos hordes ont attaqué plusieurs villages dans le delta du Nil. Même si nos guerriers sont revenus triomphants de ces attaques, j'aurai probablement de nombreuses blessures à soigner.

— Et, ici, puisque notre médecin sera absent, nous devrons tâcher de demeurer en bonne santé, observa Khnoumit.

Khaemhat tapota le bras de la dame et s'exclama :

— Je ne m'inquiète surtout pas pour toi, belle Khnoumit! Malgré tes quarante-sept ans, tu restes souple et radieuse comme une jeune fille! Tu auras une très longue vie! Sois tranquille: tous les gens qui habitent dans ce domaine sont en parfaite santé. Ces derniers jours, j'ai examiné chacun d'eux. Le seul bougre qui a eu besoin de ma science est un domestique à qui j'ai dû arracher une dent gâtée. Je sais que je peux partir sans crainte.

La sœur du maître Baka remercia une nouvelle fois Khaemhat. Elle l'escorta ensuite jusqu'à la sortie. Khnoumit demeura un instant sous le portique aux colonnes colorées. Elle vit le médecin s'engager dans l'allée centrale. Il salua cordialement un garde et disparut derrière un massif jauni. Lorsqu'elle réintégra la demeure, les yeux de Khnoumit brillaient étrangement. En entrant dans le quartier des femmes, elle croisa la vieille Ahouri. La servante semblait furieuse. Elle jouait nerveusement avec ses mains. Une expression outrée convulsait ses traits. La maîtresse des lieux fronça les sourcils pour l'interroger:

— Que se passe-t-il, ma bonne Ahouri?

— J'ignore ce qui se passe, Khnoumit. En fait, j'ai peut-être ma petite idée... Je crois que, ces derniers temps, Tati s'amuse à nous jouer de bien vilains tours. La semaine dernière, dans l'allée conduisant à la réserve, la petite statue de Sobek a été renversée. Elle était en calcaire. C'est fragile, le calcaire. Cette statue a perdu un bras, et sa tête est tellement abîmée qu'elle est irrécupérable !

— Allons, ma brave Ahouri, je sais que l'effigie de Sobek a été cassée, mais pourquoi accuses-tu Tati ? N'importe qui aurait pu faire tomber cette sculpture. Puisqu'un fossé d'irrigation longe cette allée, il est possible que le jardinier l'ait heurtée avec un chadouf[6]. Cette statue n'était pas très grande, mais elle était plutôt lourde. Selon moi, la petite n'aurait même pas pu la faire bouger. Et puis, si elle avait été responsable de cet incident, sois assurée que Tati serait venue m'en avertir.

Une ombre d'hésitation passa sur la figure ravinée de la domestique. Elle réfléchit, dodelina de la tête et admit :

— Tu as raison, Khnoumit. Tati est sans doute trop frêle pour avoir fait ce genre de chose. Seulement, si tu allais jeter un coup d'œil dans ta chambre, tu verrais que l'une de tes plus belles perruques a été horriblement mutilée. Il y a des cheveux partout ! On dirait qu'un hippopotame a piétiné ta belle coiffure !

---

6. CHADOUF: APPAREIL À BASCULE SERVANT À PUISER L'EAU D'IRRIGA-TION.

Cette fois, on ne peut quand même pas accuser le jardinier…

Les lèvres de Khnoumit dessinèrent une moue espiègle. Elle posa les mains sur les épaules d'Ahouri et chuchota :

— Je suis au courant à propos de la perruque. Je sais même qui a fait le coup…

— Vraiment ? s'étonna la vieille femme.

— C'est moi, ma bonne Ahouri. Ce matin, je désirais porter cette coiffure. Mais, en me contemplant dans le miroir, j'ai vu qu'elle me faisait ressembler à l'exécrable épouse de mon frère. Inutile de te rappeler combien je déteste Touia. Je me suis donc acharnée sur la perruque. J'ai coupé les cheveux comme s'il s'agissait de ceux de cette démone. Il y avait longtemps que je ne m'étais pas amusée comme cela !

La belle Khnoumit pinça doucement la joue flétrie de sa servante. Elle posa un baiser sur son front avant de conclure :

— Ne t'en fais pas, Ahouri. Je vais tout de suite ramasser ce gâchis.

Interloquée, Ahouri vit sa maîtresse se diriger en chantonnant vers sa chambre. Depuis qu'elle était amoureuse, Khnoumit se comportait très bizarrement.

Absorbé par sa tâche, Hay sursauta lorsque Tati fit son entrée dans le pavillon du jardin.

Le combattant des adorateurs d'Apophis s'écorcha légèrement le pouce avec la lame affûtée de son poignard. Il proféra un horrible juron et porta prestement le doigt blessé à sa bouche. Lorsqu'il se retourna pour apercevoir la fillette, son visage s'éclaira. Tati le considérait avec trouble. D'une voix blanche, elle balbutia :

— Je... je ne voulais pas vous faire sursauter, monsieur Hay. Est-ce que... vous vous êtes fait très mal ?

— Ce n'est pas grave, ma belle Tati, répondit l'homme en exhibant son pouce.

Du sang coulait de la petite écorchure. Les lèvres de Tati se tordirent dans une grimace de dégoût.

— Vous saignez, dit-elle. Il faut mettre une bandelette.

— Cela ne sera pas nécessaire, ma poupée. C'est une bien petite blessure pour un grand gaillard comme moi.

Le combattant essuya négligemment son doigt sur le lin blanc de sa tunique. Il adressa un sourire à Tati et, de nouveau, il se pencha sur la pièce de bois sombre qu'il soumettait depuis des jours à la torture de sa lame. Une semaine auparavant, en n'ayant que son couteau pour outil, Hay avait commencé à façonner ce bloc de bois pour lui donner l'aspect d'une tête humaine. Devant la piètre ébauche qui reposait sur les cuisses de l'homme, le plus novice des observateurs eût pu affirmer que l'adorateur d'Apophis n'avait aucun talent artistique. Tati s'approcha et fixa son regard sur Hay. Dans sa concentration, le créateur plissait les yeux et tirait la langue. Avec de petits gestes peu assurés, il s'appliquait à dégrossir le nez de la sculpture. La fillette émit un rire. Hay prit un ton faussement vexé pour lui dire :

— Tu te moques de moi, petite sauterelle ! Elle est jolie, pourtant, cette tête !

— Cela dépend, monsieur Hay. Je dirais qu'elle est peut-être jolie.

— Que veux-tu dire par « peut-être jolie » ?

Tati caressa la sculpture. L'enjouement se lisait sur sa figure. Elle se dandina un peu avant d'oser exprimer son opinion :

— Si cette tête est celle d'un babouin, alors ce n'est pas trop mal, monsieur Hay. Par contre, si vous voulez sculpter une tête d'homme, elle sera... un peu ratée, je crois... À moins que...

Tati n'acheva pas sa phrase. Une lueur malicieuse scintilla dans le noir profond de ses iris. Elle éclata de rire devant les yeux amusés du combattant. La fillette mit du temps avant de pouvoir reprendre son souffle. Lorsqu'elle y parvint, de grosses larmes de joie coulaient sur ses joues rougies. L'homme souriait. D'un signe du menton, il invita Tati à lui faire part de la pensée qui l'avait tant fait rire. L'enfant hésita :

— Je ne sais pas si je dois vous le dire, monsieur Hay.

— Tu ne veux pas que je partage ton plaisir, ma poupée ?

— Si, monsieur Hay, mais ce que j'allais dire est un peu méchant… Mon idée est très drôle, mais ce n'est pas gentil de se moquer des gens…

— Tu peux y aller, petite. Cela restera entre nous…

— Je disais que cette tête de bois ne ressemble pas beaucoup à celle d'un homme… À moins que ce ne soit celle de… de monsieur Hapsout…

Tati pouffa de nouveau. Le rire rauque du gaillard salua la plaisanterie. Hay déposa son poignard et ébouriffa les cheveux courts de la sœur de Leonis. D'une voix railleuse, il répliqua :

— Je me doutais bien que ma sculpture n'était pas très jolie. Mais si cette tête ressemble vraiment à celle de Hapsout, je crois qu'il vaudrait mieux que je l'abandonne ; car je n'aurai jamais assez de bois pour fabriquer d'aussi grandes oreilles que les siennes !

Tati gloussa et agita un index accusateur.

— Nous ne sommes pas gentils, monsieur Hay, lança-t-elle. C'est vrai que le pauvre monsieur Hapsout n'est pas beau. Il possède aussi de très grandes oreilles, mais ce n'est pas sa faute… Au fait, il y a longtemps qu'il n'est pas venu nous rendre visite…

L'homme tressaillit. L'enfant ne remarqua pas l'inquiétude qui vint brièvement assombrir ses traits. D'un geste nerveux, Hay chassa quelques-uns des copeaux de bois qui jonchaient sa tunique. Il prit ensuite un ton détaché pour dire :

— Hapsout viendra dans quelques jours, Tati. Si tu le vois, il ne faudra surtout pas lui parler de cette sculpture, d'accord ?

— D'accord, monsieur Hay, répondit Tati sans s'interroger.

La fillette alla s'asseoir sur un banc. Elle ferma les paupières pour exposer sa figure à la caresse d'un rayon de soleil oblique. Hay la dévisagea longuement avec un mélange de ravissement et de surprise. La première fois qu'il avait vu Tati, elle quittait l'infâme atelier de tissage dans lequel elle avait longtemps besogné. Trois mois s'étaient écoulés depuis ce jour. La misérable esclave que Hapsout, Amennakhté et lui avaient ramenée de Thèbes avait beaucoup changé. Elle était devenue charmante et épanouie. Maintenant, la timide enfant s'autorisait même quelques traits d'esprit. En évoquant le souvenir de sa première rencontre avec Tati, Hay eut une pensée pour son défunt camarade Amennakhté. C'était en voulant éliminer le frère de cette petite que son meilleur ami avait trouvé la mort. Ce soir-là, dans les ruines d'un temple, Hay avait lui-même été blessé par les soldats qui protégeaient l'enfant-lion. Néanmoins, l'homme ne nour-rissait aucune rancœur à l'endroit de Tati. Elle n'avait rien à voir dans tout cela.

Hay baissa les yeux, reprit son couteau et retourna à sa sculpture. Tandis que la lame creusait le bois, il songeait avec anxiété aux événements qui se préparaient. Bientôt, si tout se déroulait comme prévu, il laisserait derrière lui son lourd passé d'assassin. À l'instar de celle de Tati, l'existence de l'homme s'était complètement transformée. Khnoumit lui avait montré que la vie pouvait être douce et belle. L'amour et le désir de vivre étaient venus balayer ses maléfiques convictions. À présent, le bonheur de celle qu'il aimait constituait son unique idéal. Dans peu de temps, Khnoumit, Tati et Hay fausseraient compagnie aux adorateurs d'Apophis. Le combattant s'était ingénié à planifier leur fuite. Il ne lui restait plus que quelques légers détails à régler.

10

DANS L'ESPRIT
DE MENNA

Étant donné que, la veille, Leonis avait dormi une bonne partie de la journée, la nuit était déjà fort avancée lorsqu'il avait enfin réussi à fermer l'œil. Quand il s'éveilla dans la clarté du matin, ses compagnons étaient déjà levés. Le sauveur de l'Empire s'étira et frotta énergiquement ses paupières bouffies. Il se dressa sur son séant et saisit son outre pour boire une longue gorgée d'eau fraîche. Sa poitrine blessée était parcourue de pico-tements, mais la douleur était supportable. Quand il sortit de la hutte, il aperçut Montu assis dans l'herbe. Le garçon mangeait du pain sous le regard noir, mélancolique et envieux de sa vigoureuse ânesse rousse. Leonis se dirigea vers son ami. Il le salua d'un signe de la tête et s'agenouilla à ses côtés. La bouche pleine, Montu marmonna quelque chose qui pouvait passer pour un bonjour. L'enfant-lion lui laissa le temps d'engloutir sa généreuse bouchée avant de lui demander :

— Où sont les autres, mon ami ?

— Je n'ai pas encore vu Sia. Menna m'a dit qu'elle était partie à l'aube pour aller recueillir le miel et la cire de ses ruches. Pour ce qui est de notre ami, il m'a quitté il y a environ une heure. Il avait envie de se dégourdir les jambes. Il semblait très préoccupé. Je crois qu'il n'a pas très bien dormi.

— Après la mésaventure que nous avons vécue hier, il y a de quoi s'inquiéter, soupira le sauveur de l'Empire.

— Menna n'avait pas l'air inquiet, précisa Montu. On aurait plutôt dit qu'il réfléchissait… Ce n'est peut-être qu'une illusion, mais j'ai l'impression qu'il a maintenant sa petite idée sur la façon de libérer Sia.

— Tu crois, Montu ? Il me semble que, s'il avait trouvé une piste, il nous en aurait parlé, non ?

— Qui sait, Leonis ? Menna ne veut peut-être pas nous donner de fausses espérances. Mais je suis sûr qu'il a découvert quelque chose d'important. Hier soir, pendant que nous discutions autour du feu, il nous a dit qu'il ne fallait pas renoncer ; que la lumière se trouvait dans ce que nous avions déjà accompli. Ces paroles nous ont un peu réconfortés. Par la suite, nous avons continué notre conversation en plaisantant... D'habitude, quand on rigole, Menna n'hésite pas à se mêler à nos rires. Même qu'il peut rarement s'empêcher d'en rajouter. Pourtant, hier...

— C'est vrai, Montu, approuva l'enfant-lion. Après nous avoir recommandé d'oublier les paroles du tueur de la lumière, ce brave Menna n'a presque pas parlé de la soirée. Il avait visiblement la tête ailleurs, mais il n'avait pas l'air contrarié. J'ai cru qu'il était très fatigué. D'ailleurs, n'est-il pas allé se coucher au moins une heure avant toi? En y réfléchissant, je me rends compte que, pendant que nous parlions, son attitude a changé d'un seul coup... Si Menna a bel et bien découvert une piste, c'est possiblement notre conversation qui l'y a conduit.

— Le voilà, annonça Montu en faisant un geste discret de la main. Il faudrait peut-être l'interroger...

Leonis se retourna pour saluer Menna qui marchait dans leur direction. Le soldat eut un vague sourire. Il s'arrêta pour caresser le museau de l'ânesse, puis il vint s'asseoir auprès de ses compagnons.

— Comment vas-tu, Leonis? interrogea-t-il en arrachant distraitement quelques brins d'herbe. Ta blessure est-elle douloureuse?

— Je vais bien, Menna. Je crois que je peux déjà retirer mon bandage. Je vais d'abord en parler à Sia. Je ne voudrais pas qu'elle me gronde.

— Bien sûr, dit Menna.

— Heureusement que les griffes de ces bêtes n'étaient pas empoisonnées, continua Leonis.

— Bien sûr, répéta Menna qui, manifestement, évoluait de nouveau dans le brouillard de ses pensées.

Montu profita de l'étourderie du combattant pour s'amuser un peu. Sur un ton désinvolte, il improvisa ces absurdes paroles:

— Les hippopotames roses ont des ailes énormes, ces derniers temps, n'est-ce pas, Menna?

— En effet, Montu, acquiesça le soldat en remuant mollement la tête.

Leonis et Montu échangèrent un regard hilare. Ils s'esclaffèrent, et leur rire tira Menna de sa rêvasserie. Le jeune homme considéra ses compagnons avec stupeur. Il afficha un sourire perplexe pour demander:

— Qu'y a-t-il, les gars? Qu'est-ce qui vous fait rire?

Montu expliqua:

— J'ai dit : « Ces temps-ci, les hippopotames roses ont des ailes énormes. » Et tu m'as répondu : « En effet, Montu. » De toute évidence, il vaudrait mieux que je discute avec mon ânesse plutôt qu'avec toi, mon vieux !

— Qu'est-ce qui te préoccupe ainsi, Menna ? questionna Leonis en recouvrant son sérieux. Si tu crois avoir mis le doigt sur un indice pouvant nous conduire à la libération de Sia, il serait préférable que tu nous en glisses un mot. À trois, nous arriverons peut-être plus rapidement à découvrir la solution que tu sembles chercher…

Le soldat se gratta le crâne. L'air embarrassé, il déclara :

— J'ai une idée, mes amis… Comme tu le présumes, Leonis, elle concerne la libération de la prisonnière des dunes… J'hésitais avant de vous en parler… Ma théorie est assez saugrenue… Je ne sais pas si…

— Tu ne dois pas hésiter, Menna, l'encouragea le sauveur de l'Empire. Mieux vaut une idée saugrenue que pas d'idée du tout.

— D'accord, fit résolument le jeune homme. En premier lieu, nous devons admettre que, lorsqu'elle a mentionné à Leonis qu'il devrait boire de bon cœur l'eau de la source empoisonnée, la déesse Bastet ne voulait pas désigner une véritable source…

Montu et l'enfant-lion acquiescèrent en silence. Menna poursuivit :

— Il y a quelques jours, je réfléchissais à ce que pouvait signifier le mot « empoisonnée » dans la phrase de la déesse-chat. J'en ai déduit que, dans cette oasis, deux choses seulement peuvent être qualifiées d'empoisonnées. J'ai d'abord songé aux abeilles de Sia. Parce qu'elles produisent du miel, les abeilles pouvaient très bien représenter la source que nous cherchions. En outre, leur dard est venimeux. Cette idée m'a rempli d'enthousiasme. Ma tête bourdonnait comme si toutes les abeilles de Sia s'y activaient. Après des heures de réflexion, j'en avais conclu que, pour boire à la source empoisonnée, Leonis devrait laisser le venin des abeilles pénétrer dans ses veines. Qu'il devrait, de bon cœur, se laisser piquer par ces sympathiques bestioles !

L'enfant-lion frissonna. En plissant le nez, il lança :

— Ton idée est... intéressante, mon cher Menna. Je dirais même qu'elle n'est pas bête. Mais, après cela, oseras-tu encore dire que tu es mon ami ?

— Sois tranquille, Leonis, répliqua le jeune soldat en riant. Hier, deux événements sont venus écarter mon idée à propos des abeilles... Comme je le disais, j'ai identifié deux choses pouvant être qualifiées d'empoisonnées. La deuxième de ces choses, c'est évidemment la pauvre Sia…

— C'est vrai, Menna, répliqua Leonis. Tu viens de me rappeler qu'hier, avant de me précipiter dans le piège que m'avait tendu Seth, j'en étais venu à la même conclusion que toi. Dans ce paradis, Sia est la seule chose qui soit repoussante. De plus, elle a été envoûtée. Puisque le sort qu'elle a subi est néfaste, on peut dire qu'il s'agit d'un poison… Pour ma part, c'est tout ce que j'ai pu trouver. Pour quelle raison Sia représenterait-elle la source ?

— Parce que Sia a déjà donné la vie ! répondit triomphalement Menna. La prisonnière des dunes n'aurait jamais pu nous avouer qu'elle avait eu un enfant. Ironiquement, c'est le malveillant Seth qui nous l'a appris. Et, malgré cela, je n'aurais sans doute pas songé au fait que Sia pouvait être la source si le dieu du chaos ne lui avait pas précisément dit : « Comme Isis l'a fait pour son fils Horus, tu étais prête à tout pour préserver cette vie jaillie de tes entrailles. »

— Ça alors ! s'exclama Montu. Mais c'est évident !

— Tu as eu là une véritable illumination, Menna ! ajouta l'enfant-lion d'une voix fébrile.

Cependant, un détail nous échappe encore : si Sia est la source, comment devrais-je m'y prendre pour boire de son eau ?

L'ombre d'un doute passa sur le visage du combattant. Il joua un moment avec le tissu de son pagne et déclara :

— C'est justement ce qui me préoccupe autant, mon ami. J'ai bien une idée, mais elle est peut-être sans valeur. Cette idée, c'est toi-même qui me l'as inspirée, Leonis. Hier soir, auprès du feu, tu nous as parlé de la princesse Esa. Tu parlais de t'abreuver à ses lèvres. J'ai songé qu'il s'agissait d'une étrange formule pour désigner un baiser. Montu s'est moqué de toi. De mon côté, je me suis mis à réfléchir. J'avais peut-être trouvé, dans ces quelques paroles, l'indice qui me manquait pour résoudre l'énigme de la libération de Sia. Rien n'est sûr. J'ai toutefois le sentiment que, pour boire de bon cœur l'eau de la source empoisonnée, tu n'auras qu'à embrasser la prisonnière des dunes.

— Beurk ! fit Montu. Moi, je choisirais les abeilles.

— C'est… c'est impressionnant, Menna…, bredouilla le sauveur de l'Empire. Rien n'est sûr, comme tu le dis. N'empêche, ton idée n'a rien de stupide… L'énigme formulée par Bastet n'est pas des plus aisées à résoudre.

Puisque les divinités ont des lois à respecter, la déesse-chat ne pouvait sans doute pas se montrer plus précise avec moi. Ta théorie est un peu tirée par les cheveux, mais elle sera facile à vérifier…

— Beurk! répéta Montu.

Leonis exhala un soupir. Il asséna à son compagnon une amicale, mais vigoureuse poussée sur l'épaule. Montu roula dans l'herbe en riant aux éclats.

11

LE SCRIBE
ET LE FAUCON

En cette période de l'année, le Nil ne charriait presque plus d'eau. La terre d'Égypte, après avoir prodigué aux hommes ses généreux bienfaits, s'assoiffait davantage chaque jour. Les moissonneurs étaient éreintés et les silos étaient repus de grain. Les habitants rendaient gloire aux divinités qui, une fois de plus, leur avaient offert d'abondantes récoltes. Cette gratitude était cependant mêlée de crainte. Puisque la sécheresse soumettait les champs à l'avidité du désert, le peuple priait avec ferveur pour que revînt la crue annuelle du grand fleuve.

Durant cette saison, le scribe Senmout était très accaparé par son travail de fonctionnaire. L'homme devait veiller à la gestion du palais de Memphis. Après les moissons, d'innombrables marchandises provenant de tous les nomes de la glorieuse Égypte venaient encombrer les magasins de la réserve royale. Aux denrées s'ajoutaient des bêtes, des objets d'usage quotidien, du mobilier et une foule de produits allant du papyrus à l'encens. Il fallait que toutes ces choses fussent consignées dans les registres. Senmout accomplissait sa tâche avec une rigueur exceptionnelle. Personne, d'ailleurs, n'eût osé contester ses incomparables qualités d'administrateur. Toutefois, si ses supérieurs estimaient beaucoup le scribe, ses subalternes, eux, n'appréciaient guère sa compagnie. D'aucuns l'affirmaient sans gêne: Senmout avait beau être un homme de grande valeur, il demeurait tout de même l'individu le plus détestable qui fût. Le sauveur de l'Empire avait déjà été victime du mépris et de la sournoiserie de ce sombre personnage. Or, si cette éventualité lui avait effleuré l'esprit, Leonis eût songé que le message confié au divin faucon de Sia n'aurait pu tomber dans de pires mains que dans celles de Senmout. Pourtant, c'est devant cet homme que se manifesta le faucon Amset.

Quand, dans le frémissement de ses puissantes ailes, l'oiseau de proie passa au-dessus de la tête du scribe, ce dernier sursauta et laissa tomber les rouleaux de papyrus qu'il transportait. D'un mouvement prompt et craintif, Senmout masqua son visage de ses mains.

Amset exécuta une boucle serrée pour se poser à quelques coudées de lui. Frappé d'étonnement, le fonctionnaire dut faire un effort pour se calmer. Il baissa doucement les bras dans l'espoir de ne pas effaroucher ce nouveau venu. Les faucons représentaient Rê. Ils symbolisaient aussi le dieu Horus, la déesse Hathor et quelques autres divinités. Le scribe ne croyait pas aux présages. L'instant qu'il vivait revêtait néanmoins un aspect surnaturel et troublant. Le cœur de l'homme battait vite. Ses mains tremblaient. Il jeta un regard autour de lui pour constater qu'il était seul avec l'oiseau.

Afin d'obtenir toute l'attention de Senmout, Amset poussa quelques cris stridents. Le scribe attacha son regard à l'animal qui déploya ses ailes avec majesté. À cet instant, l'homme remarqua que le faucon se tenait sur une seule patte. Un objet oblong était coincé entre les serres de son autre patte repliée. L'oiseau de proie laissa tomber cette chose. Il fit ensuite quelques légers bonds pour s'en éloigner. Senmout hésitait. Comme s'il voulait l'exhorter à ramasser l'objet, le faucon cria encore. Le scribe s'approcha précautionneusement. En quittant Amset des yeux, il identifia ce que ce dernier avait laissé choir sur une dalle de l'allée. Il s'agissait d'un étui de poignard marqué du symbole de l'armée de l'Empire. Senmout saisit l'objet pour l'examiner. Sur le fourreau de cuir était inscrit un nom qu'il ne connaissait que trop bien : Menna.

Un frisson parcourut l'échine de Senmout. Hébété, il braqua de nouveau les yeux sur l'oiseau de Sia. Amset battit des ailes pour le convier, semblait-il, à pousser plus loin son inspection. Le fonctionnaire opina nerveusement du chef. En fouillant du regard l'intérieur du fourreau, il découvrit qu'il contenait un petit rouleau. Le sauveur de l'Empire avait rédigé son message sur un morceau d'étoffe jaunie. Senmout extirpa le rouleau de sa gaine. Il le déploya et déchiffra les hiéroglyphes qui s'y trouvaient. Le message était bref. Il portait la signature de l'enfant-lion et il disait :

Je suis vivant.
Je reviendrai.
Danger si le coffre est ouvert.
Mykérinos doit lire ce message.

Les traits du scribe Senmout se durcirent. Il ne pouvait y avoir de doute sur la provenance de cette missive. Ces symboles verdâtres, esquissés avec maladresse sur ce piètre morceau de tissu, ne pouvaient avoir été tracés par un autre que Leonis. Lorsqu'il se trouvait à Memphis, l'enfant-lion s'adonnait souvent à l'écriture. Un jour, le fonctionnaire avait jeté un œil sur un bout de papyrus que l'adolescent avait oublié dans les jardins. Il avait alors pu se rendre compte du peu de maîtrise de cet amateur. Avec un sourire indéfinissable, Senmout regarda le faucon. L'oiseau lâcha un ultime cri. Il prit son essor, survola le mur d'enceinte et disparut derrière un rideau d'arbres. L'homme murmura :

— Si le sauveur de l'Empire savait sur qui son messager est tombé, je suis certain qu'il s'inquiéterait.

Le fonctionnaire n'aimait pas Leonis. Il considérait que l'on avait accordé trop d'importance à cet ancien esclave. Certes, ce garçon possédait les caractéristiques de l'élu annoncé par l'oracle de Bouto. Mais, de l'avis de Senmout, il fallait être naïf pour croire aux prophéties. Pour le scribe, le grand cataclysme qui guettait l'Empire ne représentait rien d'autre qu'une grossière utopie. Ceux qui, cent cinquante ans plus tôt, avaient élaboré la quête des douze joyaux, avaient sans doute été animés par quelque dérisoire superstition. Si la colère de Rê était réellement à craindre, pourquoi donc le dieu-soleil se montrait-il si généreux à l'endroit du peuple des Deux-Terres ? À quoi lui eût-il servi de choyer les

mortels s'il comptait, d'ici peu, les anéantir?
De toute évidence, la quête des douze joyaux
était un produit de l'imagination des hommes.
Senmout était bien obligé d'admettre que,
jusqu'à présent, Leonis s'était révélé à la
hauteur de ce que l'on attendait de lui.
Cependant, les réussites de ce modeste garçon
n'avaient fait que démontrer l'aisance de sa
tâche. L'enfant-lion n'avait rien d'extraordinaire. Selon le scribe, n'importe quel homme
un tant soit peu énergique eût pu accomplir
ce que Leonis avait accompli.

Quelques mois auparavant, le fonctionnaire avait ourdi un plan pervers afin de
discréditer l'enfant-lion aux yeux de
Mykérinos. Cette odieuse machination s'était
finalement retournée contre son auteur. Sans
la clémence de Leonis, Senmout eût certainement été expulsé de la cour de Pharaon.
Depuis ce jour, le scribe vivait avec la
conscience insupportable d'avoir une dette
envers le sauveur de l'Empire. Aujourd'hui,
l'occasion lui était offerte de se libérer de ce
déshonneur. Le scribe Senmout roula le
morceau d'étoffe et le glissa dans le fourreau
du poignard de Menna. Il ramassa les
rouleaux de papyrus tombés sur le sol. Il
irait déposer ces documents dans son bureau.
Après, même si l'idée ne lui plaisait pas, il

ferait en sorte de remettre le message de Leonis au pharaon.

Senmout dut attendre un long moment avant de pouvoir rencontrer son roi. Ce matin-là, Mykérinos avait convoqué son conseil. Un courtisan avait entendu la demande d'audience du scribe et l'avait prié de patienter. Peu de temps après, le pharaon avait demandé à ses conseillers de se retirer. Quand Senmout s'engagea dans l'allée bordée de piliers de la salle du trône, seul Neferothep, le commandant de la garde royale, demeurait encore auprès du maître des Deux-Terres. Avec humilité, le scribe baissa la tête pour s'avancer vers Mykérinos. Il exécuta un cérémonieux salut et lança :

— Souverain, mon seigneur ! Que celle dont la peau est d'or[7] ravisse ton nez de mille parfums !

— Que Thot guide ta main et ton esprit, Senmout ! clama le pharaon. On m'a dit que tu m'apportais des nouvelles du sauveur de l'Empire...

— En effet, Pharaon. Un message m'a été livré de façon particulière. Je t'implore de ne pas douter de mon bon sens quand je t'aurai décrit ce que j'ai vu dans les jardins...

_____

7. LA DÉESSE HATHOR.

— Parle sans crainte, Senmout! Ma Majesté gardera la certitude de ta lucidité.

Le scribe exhiba l'étui de poignard. En fixant le sol, il déclara:

— Cet objet m'a été apporté par un faucon, Pharaon. Je marchais dans une allée des jardins quand l'oiseau s'est posé à quelques pas de moi. Il a laissé tomber cette chose; puis, en criant et en agitant ses ailes, il m'a fait comprendre que je devais la ramasser. Ce fourreau appartient au soldat Menna. Un message de Leonis a été glissé à l'intérieur…

Le regard de Mykérinos croisa celui de Neferothep. D'un signe de la tête, le souverain ordonna au commandant de lui apporter l'objet. Le chef de la garde royale obtempéra. Le maître des Deux-Terres prit le fourreau. Il identifia la marque de ses armées et déchiffra le nom du soldat. D'une main nerveuse, il tira ensuite sur le morceau d'étoffe et le déroula pour prendre connaissance du message de l'enfant-lion. Lorsque cela fut fait, Mykérinos s'accorda un long moment de réflexion. Après quoi, sur un ton anxieux, il s'adressa à Neferothep:

— Cet étui est bien celui du poignard du combattant Menna. Le cartouche de Leonis a été inscrit sur ce message qui affirme qu'il serait périlleux d'ouvrir le coffre… Je crois Senmout lorsqu'il affirme qu'un faucon lui a apporté cette missive. Seulement, nous savons que les adorateurs d'Apophis utilisent des pigeons comme messagers. Selon moi, ils auraient aisément pu dresser un faucon dans le but de lui faire accomplir la même tâche. Si Leonis et ses compagnons sont prisonniers de nos ennemis, il est possible que Baka soit au courant du fait que le second coffre se trouve en notre possession. Mon malfaisant cousin mettrait tout en œuvre pour compromettre la quête des douze joyaux. Cet avertissement pourrait constituer un stratagème destiné à retarder l'ouverture du coffre. Les adorateurs d'Apophis n'avaient qu'à utiliser l'étui du soldat Menna pour nous faire croire à l'authenticité de ce message.

Senmout toussota et intervint :

— Tes paroles sont celles d'un dieu parmi les mortels, Pharaon. Ta présence nous fait vivre près du soleil. Mais permets à ton humble serviteur de t'assurer que ces hiéroglyphes ont été tracés par la main du sauveur de l'Empire. Je connais l'écriture de Leonis. C'est bien lui qui t'adresse ce message, mon seigneur. En outre, l'utilisation d'un bout de tissu m'apparaît étrange. Le produit que l'on a utilisé pour tracer ces symboles n'est pas de l'encre. Ces détails nous indiquent clairement que, là où il se trouve, l'enfant-lion ne dispose pas de papyrus. À mon avis, la substance qu'il a utilisée pour écrire a été préparée avec de l'herbe broyée. Cela ne prouve rien, mais, même si nos ennemis sont habiles, ces particularités ne sont pas de celles que l'on invente…

— Tes éclaircissements viennent alléger mon cœur, annonça le pharaon. Tu en seras récompensé, Senmout. Tu peux maintenant retourner à ta tâche. Bien entendu, ce que tu as vu et entendu aujourd'hui devra demeurer secret…

Le fonctionnaire approuva d'un signe de la tête. Il salua solennellement Mykérinos et, d'un pas noble, il quitta la salle du trône. Sans regarder le commandant Neferothep, le souverain murmura :

— L'ouverture du deuxième coffre était censée avoir lieu dans trois jours. Il faudra faire savoir au vizir Hemiounou que j'ai changé d'avis. J'ignore où se trouve Leonis, mais ce message nous démontre qu'il n'a pas abandonné sa quête. Il est l'élu des dieux. Maintenant que nous le savons vivant, nous devons lui accorder notre confiance. Les combattants que je t'ai demandé de réunir devront toutefois se tenir prêts à partir. Si, dans un mois, le sauveur de l'Empire ne s'est

pas de nouveau manifesté, nous reconsi-
dérerons la situation. Tu enverras un émissaire
au temple de Rê, Neferothep. Le grand prêtre
Ankhhaef doit savoir que son protégé est
toujours en vie.

12
AFFOLANT
PHÉNOMÈNE

Leonis, Montu et Menna étaient très inquiets. L'après-midi était déjà fort avancé et la prisonnière des dunes n'était pas encore revenue au campement. Les aventuriers s'étaient rendus à l'endroit où s'alignaient ses ruches. La femme ne s'y trouvait pas. Par la suite, ils avaient ratissé l'oasis en criant son nom, mais Sia n'avait donné aucun signe de vie. La sorcière d'Horus ne s'était jamais absentée aussi longtemps. Depuis que le soleil avait atteint son zénith, l'enfant-lion et ses compagnons se livraient à de sombres supposi- tions. Sia était-elle blessée et inconsciente? Seth, ce fourbe, avait-il réussi à l'entraîner au-delà de la barrière de brume? Le faucon Hapi demeurait sur son perchoir. Leonis avait maintes fois tenté de lui faire comprendre qu'il devait retrouver sa maîtresse. Malheureusement, Hapi se contentait de remuer la tête. Il semblait avoir oublié sa nature divine et, abstraction faite de sa placidité d'animal apprivoisé, il se comportait comme le plus ordinaire des oiseaux.

Ce matin-là, après avoir découvert une solution possible à l'énigme de la libération de Sia, les mortels s'étaient laissés envahir par un intense sentiment d'optimisme. Ils avaient attendu la femme avec impatience. Toutefois, au fil de ces longues heures d'attente et après les vaines recherches qu'ils avaient menées, la hâte qui les avait animés s'était teintée d'embarras avant de se diluer, telle une fine poudre dans l'eau, pour céder le pas à une appréhension grandissante. Maintenant que le soleil déclinait vers l'horizon, Leonis, Montu et Menna avaient peur. L'îlot de verdure était vaste, mais il était impossible que Sia n'eût pas entendu leurs appels. De surcroît, même si l'oasis était beaucoup plus luxuriante que les points d'eau désertiques qui portaient généralement ce nom, il demeurait facile d'en faire l'exploration. Si Sia s'était assommée en tombant, les jeunes gens l'eussent assurément retrouvée.

Les trois amis faisaient de leur mieux pour percer le mystère de cette incompréhensible disparition. L'absence de la prisonnière des dunes ne pouvait pas être définitive. Surtout pas après les épreuves qu'ils avaient surmontées pour arriver jusqu'à elle. De plus, durant ces semaines au cours desquelles ils avaient partagé son quotidien, Sia était devenue leur compagne. Les aventuriers frissonnaient en songeant qu'il était peut-être arrivé malheur à cette brave femme.

Maintenant, l'enfant-lion marchait de long en large à proximité de la hutte de la sorcière d'Horus. Menna était accoudé sur le gros bloc de pierre devant lequel Sia avait érigé sa demeure. Les yeux fermés et la tête entre ses mains, le soldat réfléchissait. Montu était assis par terre. À l'aide d'une brindille, il traçait d'insignifiants symboles sur le sable rougeâtre. Soudain, la main du garçon s'immobilisa. Sa figure s'éclaira et il rompit le silence en affirmant:

— Je suis certain qu'elle sait.

— Que veux-tu dire, Montu? demanda Leonis.

— Je parle de Sia, mon vieux. C'est une sorcière. Elle peut parfois deviner nos pensées. D'après moi, elle sait que nous voulons tenter quelque chose pour la délivrer. Cela l'effraie et elle se cache.

— Pourquoi s'inquiéterait-elle? questionna Menna

Montu fronça les sourcils. Sur un ton irrésolu, il avança:

— Sia ne nous a jamais dit un seul mot pour nous éclairer sur la façon de rompre le sort qui la retient captive. Nous savons que nous devons la libérer; mais se pourrait-il que, pour y parvenir, nous n'ayons droit qu'à un seul essai? Que se passerait-il si notre idée n'était pas la bonne? Si nous nous trompions, ne risquerions-nous pas de la tuer? Cela pourrait expliquer sa disparition… Elle est peut-être au courant de nos intentions… et elle a peur.

— J'espère que tu te trompes, Montu, s'alarma Leonis. Ce que tu avances est plausible. Cependant, s'il s'agissait de la vérité, il ne nous resterait plus le moindre espoir de pouvoir conjurer le sort de Merab. Il nous a fallu plus d'un mois pour découvrir une solution valable à l'énigme de la déesse-chat. La situation est déjà suffisamment compliquée comme cela. Si, pour couronner le tout, nous ne disposions que d'une seule tentative pour libérer Sia, il vaudrait mieux retourner à Memphis sans elle. Car, si nous n'avions pas le droit à l'erreur, nous aurions beau envisager vingt astuces susceptibles de conduire à la délivrance de cette pauvre femme, jamais nous ne pourrions risquer d'en mettre une seule en pratique.

— Cette situation est insoutenable, grogna Menna. Il reste moins de trois heures avant le coucher du soleil. Je ne peux pas demeurer là sans bouger. Il faut que je la retrouve.

— D'accord, Menna, approuva Leonis. Montu et moi allons rester sagement ici. De cette manière, si tu nous vois marcher dans les Dunes sanglantes, tu sauras que ce n'est pas vraiment nous. Il est peu probable que le dieu du chaos utilise deux fois la même ruse. Mais on ne saurait être trop prudents.

Le combattant prit son arc, son carquois et son outre. Il salua ensuite ses amis. Ses traits affichaient une vive détermination. Comme il allait se mettre en route, Leonis poussa un cri de surprise. En indiquant le sentier, il annonça :

— La voilà !

À leur tour, les compagnons du sauveur de l'Empire aperçurent Sia qui marchait lentement vers eux. Elle souriait, mais elle semblait confuse. Son regard était fuyant. Leonis s'approcha d'elle. Sur un ton de reproche dans lequel pointait néanmoins le soulagement, il déclara :

— Tu nous as fait très peur, Sia. Nous pensions que tu ne reviendrais plus. Où étais-tu donc ?

— Je m'étais endormie derrière un fourré, répondit-elle sans conviction et en fixant le sol. Je… je suis désolée de vous avoir causé de l'inquiétude. Je… je vais préparer le repas. Vous devez avoir faim…

— Ça n'a aucune importance, Sia, dit Menna en déposant ses affaires. Nous étions loin de songer à notre ventre, figure-toi. Nous t'avons cherchée partout. Nous t'avons appelée pendant des heures. Tu devais dormir bien profondément pour ne pas avoir entendu nos cris…

Sia serra les mâchoires. Elle se prenait les mains pour les empêcher de trembler. Elle inspira une longue goulée d'air et sa figure devint insondable. La prisonnière des dunes haussa ses épaules voûtées avant de répéter d'une voix froide :

— Je vais préparer le repas.

Devant les yeux stupéfaits des aventuriers, la sorcière d'Horus pénétra dans sa hutte. Leonis, Menna et Montu observèrent un long silence. Ils savaient que Sia leur avait menti. Il eût fallu être aveugle pour ne pas avoir décelé le trouble qui l'habitait. L'enfant-lion passa une main en peigne dans sa longue chevelure noire. Dans un soupir, il murmura :

— Elle sait quelque chose, les gars. Tu ne te trompais pas, mon vieux Montu… Que devons-nous penser de son attitude ? Dois-je tenter de la libérer malgré sa crainte évidente ?

— La décision t'appartient, Leonis, répondit Menna. Si tu juges qu'il vaut mieux ne rien tenter, nous nous préparerons à quitter l'oasis. Il ne nous servirait à rien de demeurer plus longtemps auprès de Sia. Sans elle, Merab pourra nous nuire. Toutefois, ce n'est pas en restant ici que nous ferons avancer la quête. En traversant les Dunes sanglantes, nous avons survécu à la fureur des dieux. Qui sait? Nous serons peut-être assez forts pour résister aux sortilèges de ce sorcier…

L'enfant-lion hocha la tête d'un air indécis. Il n'ajouta rien et alla s'asseoir à l'écart pour réfléchir.

Le feu crépitait. Des étincelles jaillissaient des flammes pour mourir, au bout d'une fugitive ascension, sous la toile couleur de raisin du crépuscule. Sia avait apprêté un frugal repas composé de pain sec, de poireaux, de concombres et de laitue. Lorsqu'elle avait retrouvé le trio, elle n'avait pas prononcé un mot. Son regard implorait ses compagnons de ne pas l'interroger. Ses lèvres irrégulières esquissaient un sourire figé. Le désarroi se lisait sur son affreux visage. Ses gestes étaient raides. La prisonnière des dunes n'avait pas partagé le repas des jeunes gens. Après avoir déposé les aliments sur des lits de palmes fraîches, elle avait réintégré sa hutte. Le sauveur de l'Empire et ses amis avaient mangé sans appétit.

Le repas était terminé depuis une heure et ils se montraient peu bavards. La figure de l'enfant-lion en disait long sur le combat qui se livrait dans son esprit. De temps à autre, il tournait le regard vers la demeure de Sia. La sorcière ne dormait pas. Une lampe brûlait chez elle. Le rectangle de sa porte se découpait faiblement dans la pénombre. Leonis toussota pour attirer l'attention de ses amis. Lorsque Montu et Menna posèrent les yeux sur son visage, ils surent tout de suite qu'il avait pris une décision. Le sauveur de l'Empire déclara :

— Je vais le faire, mes amis. Je vais embrasser la sorcière d'Horus. Je ne pourrais pas quitter ce lieu en abandonnant Sia à son triste sort. J'éprouverais de trop lourds regrets en songeant que nous détenions peut-être la clé de sa libération… J'espère de tout mon cœur que mon geste, s'il ne la libère pas, restera inoffensif pour elle… Si ce baiser causait sa mort, j'aurais bien du mal à le supporter.

— Il y a des décisions difficiles à prendre, fit Menna avec gravité. C'est aussi cela, le courage : savoir choisir en étant placé devant la plus cruelle des alternatives. Lorsque la flèche est dans la poitrine du combattant, il est hors de question de l'y laisser. Il faut la retirer, même si le blessé est notre frère et que ce geste risque de l'achever. Sia souffre depuis deux siècles. Elle désire quitter cette oasis. Le sort que lui a jeté le sorcier de Seth est comme un trait dans son cœur. Si elle mourait, Merab demeurerait l'unique responsable de son trépas.

Leonis se leva. D'une voix chevrotante, il héla Sia. La prisonnière des dunes ne répondit pas. Après un moment, sa disgracieuse et chétive silhouette s'encadra dans l'entrée de sa hutte. L'enfant-lion lança:

— Tu dois venir, ma brave Sia. Nous... nous avons eu une idée.

La sorcière d'Horus hésita avant de s'avancer vers le sauveur de l'Empire. Quand la lueur des flammes éclaira sa figure verdâtre, les aventuriers constatèrent qu'elle pleurait. Ses membres tremblaient violemment, mais elle s'efforçait de sourire. La tête haute, elle s'approcha de l'adolescent. Elle roulait des yeux effarés et claquait des dents. Vivement intimidé par la frayeur qu'éprouvait la femme, Leonis l'interrogea:

— Tu as manifestement deviné ce que je m'apprête à faire, Sia. Ne pourrais-tu pas me dire s'il s'agit d'une bêtise?

Pour toute réponse, la prisonnière des dunes poussa un gémissement rauque. Elle ferma les paupières, et les tremblements qui la secouaient s'accentuèrent. Le doute s'empara de Leonis. Sia ressemblait à un petit animal traqué. Cette attitude évoquait davantage la crainte d'une mort imminente que la joie d'une prochaine délivrance. L'enfant-lion voulut renoncer. Toutefois, quelque chose en lui l'exhorta à ne pas revenir sur sa décision. D'un seul coup, il ne vit plus la crainte ni la laideur de la sorcière. Sia était un être humain. Elle avait été une mère et, pendant deux cents années, elle avait vécu loin de la chaleur de ses semblables. Durant cette interminable période de réclusion, combien de fois cette pauvre femme avait-elle pleuré comme elle le faisait en ce moment? En dépit des bienfaits que prodiguait l'oasis, cet endroit resterait à tout jamais une prison pour elle. Leonis eut envie d'apaiser la tristesse de Sia. Quoi qu'il arrivât, le baiser la libérerait. Car, en ce qui concernait la prisonnière des dunes, la mort elle-même pouvait tenir lieu de libération. Leonis posa ses paumes sur les épaules osseuses de Sia. Il eut l'impression de toucher une pierre émergente fouettée par un tumultueux courant. Il baissa la tête, ferma les yeux et appliqua ses lèvres sur celles de la sorcière.

La bouche de Sia avait la consistance d'une écorce. Une odeur fétide de marécage monta aux narines de l'enfant-lion. Le baiser dura assez longtemps pour qu'il pût goûter le sel des larmes de la sorcière. En premier lieu, il sentit que la femme se calmait. Le sauveur de l'Empire se redressa et ouvrit les paupières. Une flamme de joie inonda son cœur lorsqu'il remarqua l'euphorie qui égayait le faciès hideux de la prisonnière des dunes. Ce moment de bonheur ne dura pas, toutefois. La figure de Sia se contracta violemment. Ses yeux globuleux saillirent davantage. Elle râla, porta une main preste à sa gorge et émit un bêlement désespéré. Sans savoir ce qu'il devait faire, Leonis s'avança dans le but de porter secours à la malheureuse. Elle le repoussa d'un geste agressif et s'éloigna en se griffant le visage. Un cri strident et insupportable fusa de sa gorge. Les aventuriers virent un halo bleu émaner de son corps. L'étrange lueur s'accentua jusqu'à devenir aveuglante. Le hurlement de Sia mourut. Sa silhouette agitée s'embrasa. La prisonnière des dunes disparut dans un cocon de flammes cérulescentes. La lumière devint si intense qu'elle chassa la nuit. Le brasier qui enveloppait Sia ne produisait cependant aucune chaleur. En dépit de l'intensité du phénomène, le silence régnait. Leonis était perclus d'épouvante. Menna l'attira à l'écart. Le cocon éclata, projetant des gerbes lumineuses dans toutes les directions. Les jeunes gens se jetèrent à plat ventre. Lorsqu'ils se redressèrent, le calme était revenu. La seule lueur qui subsistait était celle du feu de camp. Dans le noir, le faucon Hapi fit entendre quelques cris suraigus.

Leonis se leva. Son cœur battait à tout rompre. D'amers sanglots secouaient sa poitrine. Il marcha vers le feu pour s'emparer d'une branche enflammée. Les yeux brouillés de larmes, il s'approcha de l'endroit où avait disparu la pauvre Sia. Il discerna une forme pâle dans l'obscurité. Il s'avança lentement et poussa une exclamation de surprise. Sa torche improvisée éclairait une femme inconnue. L'étrangère était couchée sur le sol sablonneux. Elle était inerte et à demi nue. Sa peau luisante de sueur avait la pâleur du désert. Ses lèvres charnues frémissaient. Dans la robe en lambeaux qui la couvrait à peine, l'enfant-lion reconnut le vêtement sale et râpé de la prisonnière des dunes.

13

LE VRAI VISAGE
DE SIA

Au premier coup d'œil, Leonis et ses compagnons s'étaient interrogés sur la véritable identité de l'étrangère. En toute logique, il ne pouvait s'agir que de la prisonnière des dunes. Mais leur perplexité était justifiée : la femme qu'ils avaient découverte n'avait pas du tout l'apparence de leur infortunée compagne. Elle paraissait jeune : trente ans tout au plus. Malgré ses traits légèrement sévères et son nez camus, son visage était chaleureux. Elle était beaucoup plus grande que la sorcière d'Horus, et ses formes généreuses n'avaient rien à voir avec la frêle silhouette de Sia. Ses cheveux étaient longs, noirs, bouclés et soyeux ; ses dents étaient saines, blanches et droites. S'ils n'avaient pas su qu'un semblable prodige était chose possible, les trois amis auraient eu de la difficulté à croire que Sia avait pu subir pareille transformation. Toutefois, puisque Leonis possédait lui-même l'extraordinaire faculté de se changer en fabuleux lion blanc, les aventuriers ne pouvaient qu'admettre la vraisemblance d'une telle métamorphose.

Même s'ils avaient rapidement eu la certitude d'avoir conjuré le sort de Merab, les jeunes gens s'étaient gardés de célébrer cet événement. La sorcière d'Horus semblait plutôt mal en point. Elle était fiévreuse et sa respiration était très faible. Les compagnons l'avaient transportée dans sa hutte. L'enfant-lion avait enveloppé son corps grelottant dans la seule couverture que Sia possédait. Cette nuit-là, les trois amis s'étaient relayés pour veiller sur la sorcière. Dans son sommeil, la femme avait murmuré des paroles incompréhensibles. À l'aube, sa fièvre s'était estompée. Sia ne s'était toutefois pas réveillée. Sa torpeur devait durer deux jours.

Lorsque la sorcière d'Horus s'éveilla enfin, le soleil était déjà haut dans le ciel. La femme émit un gémissement râpeux et ouvrit les yeux. Leonis était assis à ses côtés. En la voyant émerger de son inconscience, l'adolescent sentit son cœur bondir dans sa poitrine. Sia l'observa un moment avec ahurissement. Une lueur de compréhension vint ensuite éclairer son regard. Lentement, la femme leva ses mains pour les examiner. Elle fit jouer ses doigts fins et frémissants devant ses yeux, puis elle se toucha le visage d'un air incrédule. Un sourire étira ses lèvres et elle se mit à pleurer. D'une voix chargée d'émotion, Leonis murmura :

— Bienvenue parmi nous, brave Sia.

La sorcière toussa avant de prononcer difficilement ces deux mots :

— De… l'eau.

Le sauveur de l'Empire s'empara d'une outre. Avec précaution, il porta le goulot aux lèvres de la femme. Elle avala quelques gorgées parcimonieuses et, d'un geste de la main, elle signala que cela pouvait aller. Elle se racla la gorge avant de dire :

— Merci, Leonis… Mer… merci pour tout.

Sa voix demeurait éraillée, mais elle s'avérait beaucoup plus mélodieuse qu'auparavant. De nouveau, les yeux de Sia s'emplirent de larmes. Elle passa une main dans sa chevelure bouclée et ajouta :

— Comme… comme c'est agréable !… Tu ne peux pas imaginer.

— Je m'en doute, répondit l'enfant-lion. Nous avons donc réussi, Sia ? Nous t'avons délivrée ?

— Bien sûr, mon petit, confirma-t-elle avec un léger mouvement du menton. Vous... vous avez réussi... Je... je vais maintenant pouvoir quitter l'oasis. D'abord, je devrai reprendre des forces, mais... je suis une sorcière... Je me soignerai rapidement et je serai sur pied dans quelques jours, tu verras.

— Les autres seront ravis de savoir que tu es réveillée. Nous étions inquiets, tu sais.

En grimaçant, Sia fit un effort pour s'asseoir sur sa natte. Leonis lui vint en aide. Quelques instants plus tard, la sorcière était adossée à la solide charpente de bois de sa hutte. En dépit de la chaleur ambiante, elle serra frileusement la couverture contre son corps nu. Avec un sourire amusé, elle dit :

— Ma vieille tunique rapiécée n'existe plus, à ce que je vois...

— Elle était en lambeaux, Sia, expliqua l'enfant-lion. Ta transformation a été effrayante. Tu pourras sans doute te fabriquer un vêtement en utilisant cette couverture...

— Ne t'en fais pas, mon garçon. Autrefois, lorsque je suis arrivée dans cette oasis, j'avais deux ânes avec moi. Ces braves bêtes sont mortes depuis longtemps. Heureusement, une bonne partie du bagage qu'elles transportaient existe toujours. Outre cette couverture, je possède encore quelques robes de lin. J'étais plutôt coquette avant de devenir un monstre. Ces robes ont deux siècles d'existence, mais elles sont demeurées en parfait état... J'ai un peu faim, Leonis. Pourrais-tu m'apporter quelque chose à manger?

— J'y vais tout de suite, Sia. Je t'apporterai des dattes et des légumes de ton potager. Pour l'instant, c'est tout ce que je peux t'offrir. Ce matin, Montu a tenté de confectionner des galettes. Elles étaient tellement dures! On aurait presque pu s'en servir pour moudre le grain! Je vais avertir mes compagnons. Ils seront heureux de te voir. Si tu n'es pas trop fatiguée, bien entendu...

— Je vais bien, mon petit. Je suis seulement un peu étourdie. Cours vite prévenir Menna et Montu. Je vais tâcher de me rafraîchir un peu. Je vais manger et vous viendrez vous joindre à moi. J'ai une foule de choses à vous raconter. Maintenant que je peux parler librement, je ne m'en priverai certainement pas!

Sia saisit l'outre et, cette fois, elle s'octroya une généreuse gorgée d'eau. Le sauveur de l'Empire la laissa seule. Il y avait longtemps qu'il ne s'était pas senti aussi joyeux.

La femme était parvenue à se lever. Elle avait procédé à sa toilette et avait revêtu une robe blanche marquée de plis. Par la suite, elle avait fait honneur aux denrées que lui avait apportées Leonis. Devant le regard rayonnant des jeunes gens, Sia avait même réussi à faire quelques pas à l'extérieur de sa hutte. Après ces efforts, elle avait retrouvé sa couche avec satisfaction. Elle était visiblement exténuée. Malgré cela, elle avait convié le trio à lui tenir compagnie. Leonis, Montu et Menna étaient maintenant réunis autour d'elle. La sorcière d'Horus était étendue. Sa tête reposait sur un épais coussin de chaume. Elle examina longuement les aventuriers avant de déclarer :

— Vous êtes vraiment admirables, mes enfants. Je ne croyais pas que vous réussiriez à résoudre l'énigme de Bastet.

— Heureusement que la déesse-chat m'a donné ce maigre indice, répliqua l'enfant-lion. Sans cette mystérieuse phrase, nous n'aurions jamais su par où commencer… Dis-moi, Sia, puisque tu semblais avoir deviné que j'allais rompre le sort en t'embrassant, pour quelle raison étais-tu si terrorisée ?

— Cela n'avait rien d'étonnant, Leonis, répondit la femme. Je vais te faire le récit de ce que j'ai vécu ce jour-là. Tu comprendras pourquoi j'étais tellement effrayée… Tout d'abord, sachez que, lorsque Menna a entrevu la solution de l'énigme, je l'ai su aussitôt. C'était durant la nuit, n'est-ce pas, Menna ?

— En effet, confirma le soldat. Je n'étais

sûr de rien, mais j'avais déjà une idée de ce qu'il faudrait faire pour conjurer le sort.

— N'allez pas croire que je m'amuse à lire dans vos pensées, continua Sia. Seulement, lorsque Menna a eu cette révélation, ses réflexions étaient si vives que je pouvais les percevoir. Par la suite, je n'ai pas pu fermer l'œil. À l'aube, j'ai quitté le campement pour éviter de vous croiser. J'étais trop excitée. J'avais peur que vous remarquiez mon enthousiasme. Il ne fallait pas que je vous montre que vous étiez sur la bonne piste. Je serais probablement morte si je l'avais fait... Menna vous a ensuite exposé sa théorie. Leonis a dit qu'il m'embrasserait pour la vérifier. À cet instant, j'étais cachée au sud de l'oasis. Je connaissais vos intentions. J'étais folle de joie et je pleurais comme une enfant... J'ai entendu vos appels, mes braves amis... Je n'étais simplement pas prête à vous rencontrer... Plus tard, en émettant l'hypothèse que je me cachais parce que je savais ce que vous comptiez faire, Montu n'avait pas tout à fait tort. Mais, lorsqu'il a avancé que vous n'aviez peut-être pas le droit à l'erreur, il a semé le doute en vous. À cet instant, ma joie s'est transformée en consternation...

— Je suis désolé, Sia, dit Montu à voix basse.

— Ce n'est rien, mon petit, lui assura la sorcière d'Horus. Ton point de vue et la réaction qu'il a engendrée m'ont causé un grand embarras; mais vos doutes m'ont forcée à sortir de ma cachette. Afin de vous rassurer, il fallait vite que je revienne auprès de vous. Lorsque vous m'avez vue sortir du sentier, j'essayais de dissimuler mes émotions. J'ai échoué. Vous avez constaté que j'avais peur. Ma conduite n'a fait qu'accroître l'incertitude de Leonis. Il craignait maintenant de me tuer en tentant de me libérer. Le soir venu, tandis que l'enfant-lion réfléchissait au choix qu'il devait faire, je suis restée dans ma hutte à me ronger les sangs. Lorsqu'il m'a finalement appelée, je n'avais pas été en mesure de recouvrer mon calme. J'étais terrifiée à la pensée que Leonis pouvait abandonner si près du but. Même si je savais qu'il pouvait interpréter mon attitude comme une supplication de renoncer à sa tentative, je n'arrivais pas à masquer ma fébrilité ni à retenir mes larmes… J'ai vécu un horrible moment, mes enfants… Je n'aurais jamais cru que l'espoir et le désespoir pouvaient se retrouver aussi proches l'un de l'autre. Rien, dans mon expression, ne devait vous révéler que le baiser était la clé. Pourtant, j'avais envie de le crier. Puis le vaillant Leonis a surmonté toutes ses réticences.

Il m'a embrassée… Je n'ai pas eu conscience de ce qui s'est passé après.

Le sauveur de l'Empire renseigna Sia sur le fantastique et troublant phénomène qui s'était produit le soir de sa libération. La sorcière d'Horus l'écouta attentivement. Pendant que Leonis parlait, Sia affichait un air étonné. Lorsque l'adolescent eut achevé son récit, elle confia :

— Je ne pouvais prévoir que les choses se dérouleraient ainsi. Je ne savais pas que je me transformerais et que ma libération entraînerait un aussi remarquable phénomène. Il y a deux cents ans, après l'envoûtement de Merab, mon apparence a changé graduellement. À mon arrivée dans l'oasis, j'étais telle que vous me voyez en ce moment. Je me retrouvais isolée du monde, et je savais très bien que les chances de voir quelqu'un parvenir jusqu'à moi étaient très minces. Pourtant, durant quelque temps, j'ai gardé espoir. J'étais au courant du fait qu'un baiser pourrait me libérer. Puisque je possédais un certain charme, je me disais que si, par bonheur, un quelconque sauveur finissait par fouler le sol de ma prison, il ne pourrait partager longtemps ma vie sans éprouver le désir fou de m'embrasser. Évidemment, il m'aurait été interdit de l'inviter à le faire. Toutefois, lorsqu'un fruit est appétissant, peut-on infiniment résister à l'envie de le croquer? Ma beauté n'égalait pas celle de la divine Hathor, mais j'avais confiance en mes attraits… Hélas! durant les années qui ont suivi, ma peau a changé de couleur. Elle est devenue sèche comme un cuir mal huilé. J'ai vu ma chair se flétrir et, chaque fois que j'apercevais mon affreux reflet dans l'eau, la détresse m'affligeait. Cinq ans après mon arrivée ici, j'étais devenue un monstre… Je m'étais habituée à l'apparence de la prisonnière des dunes. J'avais réussi à m'accepter ainsi. Je croyais fermement que si, un jour, l'occasion m'était offerte de quitter cet endroit, je regagnerais le monde des hommes dans la peau d'une affreuse créature. J'étais à mille lieues de m'imaginer que je pourrais retrouver mon corps d'avant. En rompant le sort, Leonis, tu m'as rendu la liberté. Tu m'as aussi redonné ma fierté de femme. Grâce à toi, je peux désormais envisager sans gêne mon retour parmi les mortels.

— Je n'ai rien accompli d'exceptionnel, Sia, fit remarquer l'enfant-lion. Dans cette histoire, c'est Menna qui a presque tout fait. Les paroles de Seth lui ont fait comprendre que, puisque tu avais donné naissance à un enfant, tu représentais la mystérieuse source que nous avions tant cherchée.

— Mon fils…, souffla Sia avec un sourire triste. Il y a tellement longtemps… Si mon petit

Chery avait pu survivre, ce funeste Merab ne tourmenterait plus personne… Comme l'a dit Seth, c'est dans l'espoir de sauver mon enfant que j'ai affronté son sorcier. On m'avait fortement conseillé de ne pas le faire, mais… comment aurais-je pu abandonner mon petit?

Du revers de la main, Sia s'essuya les yeux. Elle renifla et gonfla ses poumons avant d'enchaîner :

— Vous êtes des habitants de la terre d'Égypte, mes enfants. Vous êtes mortels, et il existe des réalités qui ne doivent pas être connues des mortels. Cependant, vous avez traversé le domaine du tueur de la lumière. Vous avez été témoins de la puissance des dieux. De plus, Seth s'est récemment matérialisé devant vous. L'enfant-lion est le protégé de la déesse Bastet. Il l'a rencontrée et elle lui a conféré un pouvoir divin. Vos yeux ont assisté à des prodiges allant au-delà de l'entendement humain. J'estime que je pourrai sans risque vous révéler qui je suis et d'où je viens. Je sais que vous saurez m'écouter sans douter de mes paroles. Je sais également que vous ne les répéterez à personne…

— Nous saurons nous montrer dignes de ta confiance, Sia, affirma le sauveur de l'Empire.

La sorcière d'Horus se redressa légèrement pour boire un peu d'eau. Ensuite, elle laissa retomber sa tête sur le coussin de paille. Son visage était serein. Elle ferma les paupières pour poursuivre d'une voix indolente :

— Il y a un peu plus de deux siècles que mon regard n'a pas contemplé les magnifiques cités de l'Empire. J'ignore s'il en est encore ainsi de nos jours, mais, autrefois, un mythe persistait sur les rives du grand fleuve. Ce récit parlait d'un puissant peuple disparu. Les érudits qui perpétuaient sa légende prétendaient que cette civilisation avait possédé la science des dieux. Ses réalisations avaient été grandioses. Dans le respect des principes divins, les habitants de ce royaume évoluaient, immortels et éternellement jeunes, dans la paix, l'abondance et le bonheur. Ceux qui perpétuaient la mémoire de ces hommes les appelaient « les Anciens ».

— Ce mythe continue d'exister, intervint Menna. J'ai souvent entendu des histoires au sujet des Anciens. Deux de mes oncles en parlaient constamment. Ils n'étaient d'accord que sur un point : ce peuple avait été anéanti par les dieux. Pour le reste, ils ne s'entendaient pas du tout. Leurs discussions sur le sujet étaient parfois très enflammées. De temps à autre, ils en venaient même aux coups.

— Ainsi, la légende des Anciens n'est pas morte, fit Sia sur un ton rêveur et en gardant les yeux clos. J'ai moi-même entendu dire bien des âneries à propos de cette civilisation. L'imagination humaine est fertile comme une terre gorgée de limon. Seulement, la plupart du temps, les cultures qui naissent des théories de l'homme croissent de travers. Il est très noble de s'interroger. Il est cependant ridicule d'affirmer qu'un chien est noir en se basant sur les seules empreintes de l'animal… Ce que tu racontes sur tes oncles ne m'étonne pas, Menna. Il existe des mortels qui ne pourront jamais prouver ce qu'ils avancent. Pourtant, ils affirmeront toute leur vie qu'ils détiennent la vérité. Ces prétentieux ne sont jamais inoffensifs. S'ils ne parlent pas avec leurs armes ou avec leurs poings, c'est leur bouche qui blesse. Un proverbe de mon peuple résume bien ce que je veux dire : «Celui qui unit la passion et l'orgueil dans le moule de l'ignorance prépare le pain de la haine.»

— Ton peuple? questionna Leonis. De quel peuple parles-tu, Sia?

— Je suis de cette savante civilisation que l'on croit disparue depuis longtemps, Leonis. Mes semblables sont les Anciens dont parle la légende…

La sorcière d'Horus bâilla et se retourna mollement sur sa couche. D'une voix presque éteinte, elle conclut :

— Veuillez me pardonner, mes braves. Je suis très fatiguée. Demain, je vous ferai d'autres confidences.

14
DRAMATIQUE SOIRÉE

Le soleil se couchait. Khnoumit eut un pincement au cœur lorsqu'elle vit le détestable Hapsout pénétrer dans les jardins. Le jeune homme demeura un moment sous le porche pour échanger quelques mots avec une sentinelle. Lorsqu'il s'engagea dans l'allée, la maîtresse des lieux marcha nerveusement à sa rencontre. En s'inclinant, Hapsout lança :

— Je vous salue, honorable Khnoumit. Vous êtes toujours aussi ravissante…

— Je vous remercie, Hapsout, dit-elle en s'efforçant de sourire. Vous arrivez plus tôt que d'habitude…

— En effet, fit l'adorateur d'Apophis. Je suis un peu en avance. J'ose espérer que je ne vous dérange pas…

— N… non, répondit la femme. Seulement, je crains que vous ne puissiez rencontrer Hay tout de suite. Je… je crois qu'il est sorti. Il lui arrive de quitter le domaine pour aller se promener au bord du Nil.

— Si c'est le cas, je l'attendrai, annonça Hapsout. De toute manière, je compte bien dormir ici. J'ai un peu faim. Serait-il possible de me faire servir un repas?

— Bien sûr, approuva Khnoumit avec empressement. Vous mangerez dans le pavillon qui se trouve près de la piscine. En ce moment, il fait une chaleur de four à l'intérieur de la maison. Ce sera plus tolérable lorsque viendra la nuit. Je vais ordonner qu'on vous prépare un lit. Ainsi, lorsque vous serez fatigué…

— Vous êtes trop aimable, apprécia le visiteur. Je vais donc attendre Hay dans le pavillon.

— Je dirai à mes domestiques de guetter son arrivée. Il sera avisé de votre présence.

Les lèvres de Khnoumit esquissèrent un dernier sourire. La belle dame quitta son invité pour se diriger d'un pas rapide vers la maison.

Lorsque Hay le rejoignit, Hapsout achevait de dévorer le copieux repas qu'on lui avait servi. L'obscurité baignait les jardins. Des lampes brûlaient dans le pavillon. Hay franchit le seuil en traînant les pieds. Il semblait de très mauvaise humeur. Sans saluer le désagréable personnage, il se laissa lourdement choir sur un coussin. Hapsout le dévisagea un moment. Il prit une gorgée de vin avant d'observer avec ironie :

— Je constate que, comme chaque fois, tu sembles très heureux de me revoir, Hay.

— Cesse de rêver, Hapsout, répliqua le combattant d'une voix bourrue. Tu sais bien que, pour moi, ta présence sera toujours aussi agréable que celle d'un caillou dans une sandale. J'espère que tu m'apportes de bonnes nouvelles…

— Tu aimerais bien que je t'annonce que tu peux reprendre le combat, n'est-ce pas ?

— J'en ai assez de vivre dans ce domaine, Hapsout. Le maître Baka veut que je veille sur sa sœur, mais je demeure un guerrier. Je ne suis pas une dame de compagnie. De toute manière, Khnoumit ne se conduit pas comme une femme désespérée. Elle a beaucoup d'affection pour la sœur de Leonis. Seulement, elle ne peut ignorer que les jours de cette gamine sont comptés. Même si elle a dit à Baka que, si on touchait à Tati, elle s'enlèverait la vie, je ne crois pas qu'elle mettrait cette menace à exécution.

Hapsout eut un sourire. En hochant la tête d'un air railleur, il annonça :

— Je suis désolé, Hay. Je sais que tu meurs d'ennui. Seulement, les ordres du maître n'ont pas changé. Tu devras encore attendre avant de reprendre les armes.

— Tu n'es pas désolé, Hapsout, maugréa le gaillard en serrant les poings. Cette situation t'amuse… Je me sens comme un lion en cage. Dernièrement, mes compagnons ont attaqué des villages dans le delta. Pendant ce temps, je reste ici à ne rien faire… Je sais que je me suis déjà moqué de toi, Hapsout. Je ne t'aime pas du tout, et je ne doute pas que ce sentiment soit réciproque. Mais ne t'ai-je pas déjà sauvé la vie? Sans moi, tu ne serais pas sorti vivant des ruines du temple de Ptah. Il faut que tu m'aides. Tu dois tenter de convaincre le maître. Je veux retourner au combat!

Bien entendu, le combattant mentait. Hapsout n'en savait rien, mais Hay ne pouvait plus livrer bataille. Dans les ruines du temple de Ptah, une flèche avait transpercé son épaule gauche. En apparence, la blessure était guérie. Toutefois, le bras de l'homme avait perdu une bonne partie de sa vigueur. Hay savait que cet état était irrémédiable. En affirmant qu'il désirait regagner le Temple des Ténèbres, il ne cherchait qu'à duper le détestable Hapsout. Ce jeune imbécile eût tout fait pour contrarier le combattant. Ainsi, plus Hay se plaindrait de sa situation, et plus Hapsout irait à l'encontre de ses désirs. En vérité, lorsque Baka l'avait chargé de surveiller Khnoumit, Hay avait accueilli cette requête avec le plus grand bonheur. En demeurant dans le domaine, le gaillard avait disposé de suffisamment de temps pour mettre sur pied un habile plan d'évasion. Jusqu'à présent, tout se déroulait bien. Dans l'enceinte de la vaste propriété, personne ne pouvait soupçonner les projets de Hay et de Khnoumit. Ce soir-là, dans le pavillon, le gaillard continuait à jouer son rôle de combattant frustré. L'envoyé de Baka devait absolument croire que son vis-à-vis était furieux, et il ne devait surtout rien deviner des sentiments qui liaient l'homme à la sœur du maître. Une nouvelle fois, Hapsout était mystifié par la feinte de Hay. L'affreux jeune homme émit un rire sardonique et lança :

— Arrête de pleurnicher, Hay. Au temple de Ptah, tu étais sous mes ordres. Tu avais donc le devoir de me protéger. D'ailleurs, cette nuit-là, ton compagnon Amennakhté est mort. Tu as toi-même reçu une flèche dans l'épaule… Vous n'avez pas été très brillants. Si les soldats de l'Empire ne m'ont pas eu, c'est sans doute parce que je me suis montré plus alerte que vous. Je n'importunerai pas Baka en l'avisant de ton mécontentement. Si le maître juge que tu dois rester ici, je ne m'en mêlerai pas.

Hay ouvrit la bouche pour répliquer. Un bruit de pas précipités se fit entendre dans les jardins. Le gaillard garda le silence et tourna les yeux vers la porte. Khnoumit pénétra en coup de vent dans le pavillon. Elle portait une robe blanche, très ample, qui lui donnait l'allure d'une colombe. Elle était essoufflée. D'une voix inquiète, elle demanda:

— N'auriez-vous pas aperçu la petite Tati, messieurs?

— Non, répondit Hay.

— Elle n'est pas dans la maison, reprit la femme en plaquant une paume sur son front. J'espère qu'elle ne s'est pas enfuie…

— Ce serait bien étonnant, fit remarquer le combattant. Ces jardins n'ont qu'une issue. Deux hommes la surveillent constamment. Si Tati était passée sous le porche extérieur, ils n'auraient pas manqué de la voir…

— Je vais prendre l'une de vos lampes, messieurs. Je vais aller jeter un coup d'œil du côté des enclos. Tati aime beaucoup les bêtes. Elle s'est probablement attardée auprès d'elles.

Hapsout intervint:

— Voulez-vous qu'on vous accompagne, honorable Khnoumit?

— C'est gentil à vous, Hapsout… Je crois que cela ne sera pas nécessaire. Je vous appellerai si Tati reste introuvable.

Khnoumit s'empara d'une lampe à huile. Elle descendit les marches de la construction et s'enfonça dans la pénombre des jardins. Durant un moment, les deux hommes suivirent des yeux la lueur tremblotante de la faible flamme. Hapsout rompit le silence pour demander :

— Tu es certain que cette pouilleuse ne s'est pas enfuie ?

— Ce domaine est une véritable forteresse, Hapsout. Le mur d'enceinte a la hauteur de deux hommes. Seuls les oiseaux peuvent le franchir. Je peux t'assurer que, la dernière fois que j'ai vu la fillette, elle n'avait pas d'ailes dans le dos. Khnoumit a sûrement raison : Tati doit se trouver avec les bêtes… Il serait temps que le maître utilise cette petite. Je commence à me demander s'il était bien utile de voyager jusqu'à Thèbes pour la retrouver…

— Douterais-tu des agissements de Baka ? questionna l'affreux jeune homme sur un ton offusqué.

— Qui es-tu pour me poser pareille question, Hapsout ? Il y a douze ans que je suis digne de revêtir la tunique noire des adeptes. Mon torse est marqué du symbole des adorateurs d'Apophis. Toi, tu viens à peine d'entrer dans nos rangs. De plus, tu n'as rien d'un guerrier. Tu te crèverais certainement un œil si on t'obligeait à manipuler un javelot. Je…

Un hurlement déchira la quiétude du soir. Hay se leva d'un bond. Tout de suite, il vit la silhouette de Khnoumit qui se trouvait de l'autre côté de la piscine. La femme tenait toujours sa lampe qui se reflétait dans l'eau dormante. Elle poussa encore quelques cris stridents. Hay quitta le pavillon pour aller voir ce qui épouvantait ainsi la belle dame. Hapsout le suivit. En arrivant près de Khnoumit, ils constatèrent qu'elle était terrorisée. Son visage était hagard. Elle fixait l'eau en tremblant et en vacillant sur ses jambes. Hay se retourna. Lorsqu'il aperçut le petit corps qui flottait sur l'onde calme, il plongea aussitôt. À cet instant, Khnoumit émergea de sa commotion pour pousser d'atroces sanglots. Sa lampe tomba sur les dalles de granit. Dans l'obscurité, Hay s'exclama :

— Il me faut une autre lampe, Hapsout ! Dépêche-toi ! Je n'y vois rien !

Avant que la lumière ne s'éteignît, Hapsout avait également entrevu le corps. La réaction de la maîtresse des lieux ne laissait aucun doute sur l'identité de celui-ci. Le jeune homme demanda pourtant :

— S'agit-il de… de Tati ?

— Qui voudrais-tu que ce soit, idiot ? cracha rageusement Hay. J'ai besoin de lumière, Hapsout ! Rends-toi utile, pour une fois !

Hapsout tourna les talons pour gagner le pavillon, mais il s'immobilisa presque aussitôt. Un garde venait dans sa direction. Il était muni d'une lampe. En s'approchant, l'homme demanda :

— Que se passe-t-il ? Qui a crié ?

Au milieu d'une succession d'éclaboussements, Hay rugit :

— Par ici ! Je suis dans l'eau !

Le garde fronça les sourcils. Il fit quelques pas et aperçut Hay qui se tenait au centre de la piscine. Le combattant était immergé jusqu'aux genoux. Il explorait la surface glauque en tendant les mains comme un aveugle. La lumière vint chichement éclairer la scène. Hay repéra le corps qui flottait à trois coudées de lui. Il se rua sur la noyée pour la prendre dans ses bras. Devant les yeux ahuris du garde, le gaillard sortit promptement de la piscine. Il déposa la fillette sur l'herbe et s'agenouilla à ses côtés. Khnoumit gémissait. Elle s'approcha de Hay en criant :

— Dites-moi qu'elle va bien, Hay ! Dites-moi qu'elle n'est pas morte !

— Je crains qu'il ne soit trop tard, Khnoumit.

— Il faut aller chercher le médecin ! hurla la dame. Khaemhat pourra la sauver ! Il faut aller le chercher !

— Khaemhat n'est pas chez lui! répliqua Hay avec impatience. Il a rejoint le Temple des Ténèbres! Vous le savez, pourtant!

Le garde s'avança et tendit sa lampe pour fournir un peu plus de lumière au combattant. Lorsque le regard de ce dernier se posa sur l'horrible figure de la noyée, il grimaça et détourna les yeux. Khnoumit avait-elle vu, elle aussi, le masque sombre, boursouflé et méconnaissable de la gamine? Assurément. Car, à cet instant, la sœur de Baka devint hystérique. Elle voulut hurler encore, mais elle ne put émettre qu'un faible bruissement guttural. Elle secoua la tête avec violence, se rua sur Hay et lui asséna une violente poussée. L'homme perdit l'équilibre. Khnoumit tomba à genoux près du corps de sa protégée. La voix lui revint. Ses lamentations stridentes firent frissonner ceux qui se trouvaient là. L'agitation avait attiré quelques habitants du domaine. Ils virent la belle Khnoumit enlacer le cadavre. Comme si elle eût cherché à soustraire le corps aux regards, elle le serra fermement contre sa poitrine et l'enveloppa dans un pan de sa robe ample. Ce geste était bien inutile. La pénombre ne permettait pas aux témoins de bien détailler la scène. Hay toucha le bras de Khnoumit. Elle repoussa sa main d'un geste sec.

La femme se leva. Sa chevelure était en désordre. Ses joues luisaient dans la maigre lueur de la lampe. En geignant, elle caressa un moment les cheveux noirs, courts et mouillés de Tati. Khnoumit ne s'attarda pas davantage. Le dos voûté par l'effort, elle quitta les lieux en emportant la dépouille de la fillette.

Hapsout s'approcha de Hay. Le solide combattant semblait atterré. D'une voix sans timbre, il déclara :

— Tu vois bien, Hapsout. Il était inutile de retrouver Tati. Sa présence n'aura servi qu'à mettre un cœur en pièces… Et ce n'est même pas celui du sauveur de l'Empire.

15

QUAND LA MORT
FRAPPE DEUX FOIS

Khnoumit avait demandé qu'on la laissât seule. Elle s'était réfugiée dans sa chambre avec le corps de Tati. Parmi les nombreux occupants de la maison, personne, mis à part Ahouri, n'était au courant de la tragédie qui venait de se dérouler dans les jardins. Khnoumit avait ordonné à la vieille dame de faire sortir les sept servantes qui résidaient dans le quartier des femmes. Depuis un interminable moment, Hay et Hapsout patientaient dans la salle principale de la vaste demeure. Ils n'étaient pas seuls. Autour d'une table basse étaient assis le scribe, le manucure et le coiffeur de Khnoumit. Ces personnages étaient en proie à l'inquiétude et n'échangeaient que de rares paroles. Dans un coin de la pièce, les servantes, brusquement soustraites à la douillette tranquillité de leurs appartements, cacardaient comme des oies effarouchées. Elles formulaient diverses suppositions, toutes plus extravagantes les unes que les autres, pour tenter de saisir les causes de l'étrange comportement de la maîtresse du domaine.

Après avoir impérieusement interdit à quiconque d'entrer dans le quartier des femmes, la vieille Ahouri était retournée auprès de Khnoumit. Hay avait admiré le sang-froid dont avait fait preuve la brave dame durant ce pénible moment. Ahouri ne s'était pas montrée depuis. Il y avait environ une heure que les gens réunis dans la salle principale guettaient la porte dans l'attente de son retour. Il faisait très chaud dans la maison. Hapsout jouait nerveusement avec son bâton de bronze en forme de cobra. La sueur perlait sur son crâne rasé. Il entraîna Hay à l'écart. Pour la vingtième fois peut-être, il chuchota :

— Baka sera furieux.

— Cesse donc de dire toujours la même chose, grommela le combattant. Si le maître est furieux, il n'aura à s'en prendre qu'à lui-même. Il a trop attendu avant de se servir de la petite. L'appât est rance, maintenant.

Le jeune adorateur d'Apophis voulut reprocher au gaillard son manque de respect à l'endroit de leur chef. Il fut cependant forcé d'admettre la pertinence de la critique que Hay venait de formuler. Toujours en murmurant, Hapsout demanda :

— Qu'allons-nous faire du cadavre ?

— Tu pourrais le transporter jusqu'au Temple des Ténèbres, proposa Hay avec un sourire. Par cette chaleur, son odeur aurait tôt fait d'attirer les charognards. Tu aurais alors la possibilité de te faire quelques copains parmi ces répugnantes bêtes…

Le jeune homme ignora la boutade. Ses traits se tordirent de dégoût. Il se gratta longuement le crâne. Soudain, ses yeux s'illuminèrent et il suggéra :

— Si nous déposions le corps de cette petite pouilleuse non loin du palais royal… Leonis serait désespéré…

— Cela serait inutile, Hapsout, trancha Hay. Leonis n'a pas vu sa sœur depuis plus de cinq ans. Même si le cadavre de Tati était en bon état, l'enfant-lion serait incapable de la reconnaître. Après son séjour dans la piscine, elle ne ressemble même plus à un être humain. Elle devait se trouver là depuis des heures. Tu aurais dû la voir. Son visage était…

— Épargne-moi les détails, Hay, le coupa Hapsout en grimaçant de plus belle. Qu'allons-nous faire, alors ? Pourrons-nous l'enterrer dans ce domaine ?

— L'idée n'est pas bête, concéda Hay. Mais, auparavant, il faudrait que Khnoumit nous rende le corps… D'après moi, la vieille Ahouri ne parviendra pas à lui faire comprendre qu'il faut oublier la petite… La démence s'est emparée de Khnoumit. Je dois maintenant reconnaître que le maître Baka n'avait pas tort de me confier sa surveillance…

Hay s'interrompit. Une vive appréhension marqua son visage. En faisant un effort visible pour ne pas élever la voix, il gémit :

— Il faut aller jeter un coup d'œil dans le quartier des femmes, Hapsout. Khnoumit s'apprête sans doute à commettre un geste désespéré. Il est peut-être déjà trop tard… Le maître nous tuerait si sa sœur s'enlevait la vie.

Cet avertissement terrifia Hapsout. Ses yeux s'arrondirent et il lança, suffisamment fort pour être entendu de tous :

— Qu'attendons-nous, Hay ! Tu aurais pu y songer plus tôt, imbécile !

Les occupants de la salle principale dévisagèrent Hapsout. La conversation animée des servantes cessa. Le jeune adorateur d'Apophis se tourna vers elles pour leur adresser un regard outrecuidant. Hay quitta la pièce. Hapsout l'imita. D'un pas rapide, ils traversèrent un obscur couloir pour atteindre le hall légèrement éclairé. Le combattant se dirigea sans hésiter vers le quartier des femmes. Ils pénétrèrent dans une grande pièce somptueusement décorée dans laquelle brûlaient quelques lampes. Une forte odeur d'encens embaumait l'endroit. La vieille Ahouri se tenait devant la porte de la chambre de Khnoumit. En apercevant les deux hommes, elle sursauta et bredouilla:

— Com... comment... osez-vous? Vous... vous n'êtes pas autorisés à...

— Nous devons voir Khnoumit, dit calmement Hay. Nous allons tenter de lui faire entendre raison... Il le faut, ma brave Ahouri... Cette situation ne peut pas durer...

— Khnoumit veut être seule, geignit la femme. Elle ressemble à une statue... Elle ne dit rien... Je... je n'arrive pas à la convaincre de...

Hay s'approcha de la vieille domestique. Il prit sa main rêche dans la sienne et murmura:

— Nous devons entrer, Ahouri. Nous devons le faire pour le bien de Khnoumit...

La servante remua douloureusement la tête. Elle ouvrit les bras en signe d'impuissance, les laissa lourdement retomber sur ses hanches; puis elle s'écarta afin de céder le passage aux hommes.

La scène qui les attendait semblait irréelle. Un oppressant brouillard d'encens rendait les objets flous. Une vingtaine de bougies brûlaient autour d'un grand lit aux pieds sculptés. La belle femme avait enveloppé la morte dans un suaire immaculé. Le tissu la recouvrait entièrement, et Hapsout fut grandement soulagé de ne pas apercevoir le cadavre. Khnoumit était debout à côté du lit. Son visage était pâle et des cernes bleuâtres creusaient le contour de ses yeux. Elle ne bougeait pas. Elle braquait le regard sur la forme allongée, sans la moindre émotion apparente, un peu comme si elle ne la voyait pas. D'une voix douce, Hay déclara :

— Vous devez vous montrer forte, Khnoumit… Cette petite est morte en emportant la joie dans son cœur… Elle marche maintenant vers le royaume d'Osiris. Consolez-vous en songeant que votre amour a caressé ses derniers jours…

Khnoumit leva lentement les yeux. Son regard exprimait le renoncement. D'un ton indolent, elle dit :

— Le destin l'a arrachée aux griffes de mon frère. Vous n'aurez pas eu l'occasion de la faire souffrir… Ce que vous dites est juste, Hay : mon amour a caressé les derniers jours de Tati. Grâce à ce souvenir, je pourrai continuer d'exister. Saviez-vous que ses parents sont morts noyés dans le Nil ? Ils sont venus la chercher, aujourd'hui. Il faut que le corps de Tati soit jeté dans le grand fleuve. Il faut… il faut qu'elle rejoigne les siens…

Khnoumit masqua son visage de ses paumes. Ses épaules tressautaient. Hay regarda Hapsout. Le jeune homme opina du chef pour signifier qu'il était d'accord avec la volonté de la dame. Le combattant affirma :

— Le corps de Tati sera jeté dans le Nil, Khnoumit. Nous profiterons de la nuit pour atteindre la rive. Personne ne doit nous voir, vous comprenez ? De plus, avec cette chaleur, l'odeur de la mort viendra vite empester cette pièce… Si vous voulez passer encore un peu de temps avec elle, nous…

— Vous pouvez l'emporter, Hay, jeta la malheureuse en leur tournant le dos. Traitez sa dépouille avec respect, je vous en prie…

Hay s'approcha du lit et souleva le cadavre. Ahouri se dirigea vers sa maîtresse. Elle lui caressa les cheveux et lui glissa quelques mots à l'oreille. Hay et Hapsout quittèrent la chambre. L'affreux jeune homme demanda :

— Dans combien de temps reviendras-tu, Hay ?

— Tu crois vraiment que je vais y aller seul ? tonna le gaillard. Tu vas venir avec moi, Hapsout. C'est la nuit. Comment pourrais-je tenir une lampe en transportant un cadavre ?

— Tu n'as qu'à le porter sur l'une de tes épaules… Cette gamine est plus légère qu'une jeune antilope.

— Je n'y arriverai pas, Hapsout. Le Nil est très bas en cette période de l'année. La rive est en pente et je devrai faire quelques acrobaties pour atteindre l'eau. En plus, le secteur grouille de crocodiles. Je devrai faire en sorte de ne pas les déranger. Si tu ne m'accompagnes pas, tu te débrouilleras seul avec ce cadavre.

Le jeune homme considéra la charge de Hay. Le cocon de lin révélait les formes délicates de l'enfant. Une mèche de cheveux noirs émergeait du tissu et tranchait crûment sur sa blancheur. L'image d'un visage bleu et grimaçant traversa l'esprit de Hapsout. Il frissonna et, sans conviction, il dit entre ses dents :

— Très bien, Hay. Je vais t'accompagner.

Le domaine que dirigeait la belle Khnoumit appartenait à Baka. Toutefois, dans les registres du royaume, la vaste propriété entourée de champs d'épeautre était la possession d'un certain Meni. Lorsque les fonctionnaires de Mykérinos venaient visiter l'endroit pour évaluer et percevoir les impôts, Khnoumit se cachait sous la maison, dans un réduit confortable où elle pouvait demeurer plusieurs jours sans éprouver le besoin d'en sortir. Meni prenait alors la relève de la maîtresse des lieux.

Dans les archives de l'Empire, cet homme était un riche négociant. Mais, en vérité, Meni ne possédait rien. Il n'était qu'un simple administrateur à la solde des ennemis de la lumière. Lorsque les circonstances l'y obligeaient, il jouait parfaitement son rôle d'homme prospère. La demeure de Khnoumit était située à l'écart de la cité de Memphis. En franchissant le porche extérieur des jardins, on devait suivre un long chemin de pierre pour atteindre la route.

Hay et Hapsout venaient de parcourir ce chemin. Tous les dix pas environ, le gaillard avait lancé cette phrase absurde: «Le soleil ratera encore une belle nuit!» Il s'agissait d'un mot de passe. Même en plein jour, il eût fallu être très attentif pour discerner les nombreux combattants postés aux abords du domaine. Dans les ténèbres, leur présence était impossible à déceler. Quand venait le soir, les ennemis de la lumière qui empruntaient le chemin de pierre devaient signaler à ces gardes qu'ils faisaient partie des leurs. Ainsi, les sentinelles savaient qu'ils n'avaient pas affaire à des intrus. Cette pratique leur évitait de quitter inutilement leur poste de surveillance pour vérifier qui allait là.

Hapsout et Hay avaient longé la route déserte. Ils marchaient maintenant dans un sentier étroit qui conduisait au fleuve. Le jeune adorateur d'Apophis s'était muni d'une torche. Le combattant avançait à ses côtés. Le corps enveloppé de la fillette se balançait à peine dans ses bras vigoureux. L'angoisse se lisait sur la figure des deux hommes. Ils progressaient dans un silence méditatif lorsque Hapsout annonça :

— Tu descendras seul sur la rive, Hay. Je n'ai pas envie de me faire dévorer par les crocodiles.

— La nuit, les crocodiles ne sont pas à craindre, Hapsout. Ils n'attaquent pas dans le noir. Tu n'es qu'un lâche. Tu as peur de tout.

— Je n'ai rien d'un lâche, protesta Hapsout, je suis plutôt trop intelligent pour me jeter dans la gueule de ces bêtes… Tu pourrais regretter tes paroles, Hay. Tu n'es qu'un combattant. Moi, je suis très proche du maître.

Hay émit un rire moqueur avant de riposter :

— Tu n'es rien, Hapsout. En ramenant Tati de Thèbes, tu as rapporté un trophée. À cette occasion, tu as satisfait le maître ; mais vois donc à quoi il ressemble, ton trophée, à présent…

Hay appuya ses paroles en dévoilant l'une des mains de la morte. Les yeux de Hapsout s'arrondirent et il faillit laisser tomber sa torche.

Les doigts repliés du cadavre étaient à ce point enflés que les phalanges étaient indiscernables. La chair était d'une couleur ocre et défraîchie qui n'avait déjà plus rien d'humain. Hapsout détourna le regard avec dégoût. Hay replaça délicatement la main de Tati sous le suaire. Avec un sourire amusé, il continua :

— Tu aurais été prêt à torturer cette gamine, Hapsout. Tu aurais souri en voyant couler son sang et en entendant ses cris. Maintenant qu'elle est morte, elle te fait peur… Au fait, tu veux voir son visage ?

— Je… je t'en… supplie, Hay… cesse ce petit jeu… Je n'ai pas peur… Ça m'écœure, c'est tout… Finissons-en.

— Très bien, Hapsout, accepta le gaillard en se remettant en route. C'est dommage. Si j'avais plus de temps, je m'amuserais encore un peu avec toi… J'aimerais bien voir la tête de Baka lorsque tu lui annonceras que nous avons perdu la sœur du sauveur de l'Empire. Tu verras si tu es aussi proche du maître que tu sembles le croire…

Le détestable personnage tressaillit. Cet impertinent avait peut-être raison d'insinuer que les choses n'iraient pas très bien pour lui. Hapsout baissa la tête sans oser la moindre réplique. Ils atteignirent le bord du fleuve. Hay ne s'était guère trompé en affirmant que la descente vers l'eau serait ardue. La lueur de la torche révélait le commencement d'une pente abrupte. La rive en contrebas disparaissait dans les ténèbres. Les miroitements du Nil prenaient naissance à vingt enjambées de l'endroit où se trouvaient les deux hommes. Le combattant inspira profondément et, d'un mouvement sec, il assujettit le corps sur ses puissants biceps. L'air grave, il déclara:

— J'espère que je ne trébucherai pas. En bas, je ne verrai rien. Je devrai marcher dans l'eau pour aller déposer le corps loin de la rive. Le courant est faible. Le cadavre dérivera peut-être un peu. À l'aube, les crocodiles s'en chargeront.

Hapsout se contenta de hocher la tête. Il s'approcha du bord de la pente afin de permettre au combattant d'entamer sa descente. Hay plia les genoux pour affronter la déclivité. Aussitôt, il glissa un peu sur la surface friable, mais il conserva son équilibre. Quelques instants plus tard, il était avalé par l'obscurité. Hapsout perçut le clapotis de ses pas dans l'onde. Il entendit ensuite le gaillard s'exclamer:

— Non! Ce n'est pas vrai!

— Que se passe-t-il? jeta Hapsout.

Une série d'éclaboussements impétueux se fit entendre. Hay lâcha un affreux hurlement.

D'une voix rauque et épouvantée, le combattant cria :

— Lâche mon pied, sale bête !

Ces paroles furent suivies d'un long râle de douleur. En bas, Hay se débattait avec véhémence. Hapsout devina sans mal que l'homme était aux prises avec un crocodile. Hay le lui confirma en lançant :

— Tu dois m'aider, Hapsout ! Un crocodile m'attaque ! Tu dois m'aid…

Hay poussa un dernier hurlement. Le bruit de la lutte dura encore quelques instants, puis le calme revint. Dressé au sommet de la pente, Hapsout plissait les yeux en scrutant les ténèbres. Il appela :

— Hay ?

Le combattant ne répondit pas. Comme l'avait souligné Hay, Hapsout ne pouvait supporter la vue des morts. Par contre, il adorait assister aux souffrances des vivants. La fin de Hay avait sans doute été très spectaculaire. Le jeune homme regrettait un peu d'avoir raté cette scène. Malgré tout, il se sentait soudainement réjoui. Un sourire railleur se dessina sur ses lèvres. Il prêta l'oreille au concert des grenouilles, remua la tête d'un air satisfait et s'écria :

— Idiot ! Tu disais que ces redoutables bêtes n'attaquaient pas la nuit ! Crois-tu toujours ces balivernes, Hay ?

La dernière syllabe prononcée par Hapsout résonna longuement sur l'étendue des flots. L'adorateur d'Apophis émit un rire nasillard. Il tourna le dos au Nil et retrouva le sentier menant à la route.

16
LA TREIZIÈME
SORCIÈRE

Après sa conversation avec les aventuriers,
Sia avait dormi de longues heures. Elle s'était
levée dans la soirée pour manger un peu, mais
la fatigue l'avait vite forcée à regagner sa
couche. Le lendemain, lorsqu'elle avait quitté
sa hutte, la matinée était déjà avancée. En
diluant dans l'eau une quantité d'ingrédients
réduits en poudre, la sorcière avait préparé
une mixture brunâtre dans un bol de pierre.
Les aventuriers l'avaient vue boire d'un trait
ce breuvage peu alléchant. Sia leur avait
expliqué qu'il lui permettrait de rependre
rapidement toute sa vigueur. D'ailleurs, avant
même qu'elle n'eût avalé la potion, la femme
semblait animée d'une surprenante énergie.
Sia avait ensuite pris la direction du plus
proche des trois lacs. Elle était demeurée

longtemps dans l'eau fraîche. Du campement, les jeunes gens avaient pu percevoir ses éclats de rire et ses exclamations d'allégresse.

Le bonheur régnait dans l'oasis. Leonis, Montu et Menna avaient très hâte de connaître la suite des révélations de Sia. Seulement, dans sa joie de retrouver son apparence humaine, la sorcière avait éprouvé l'irrépressible envie de se faire une beauté. Son enthousiasme était émouvant à voir. Après son bain dans le lac, elle s'était réfugiée dans l'intimité de sa demeure pour se livrer à ces petits soins, délicieux et raffinés, que son incomparable et navrante laideur avait si longtemps rendus vains. Les trois garçons ne pouvaient assurément pas lui reprocher cette fantaisie. Ils l'attendaient avec une certaine impatience, mais la joie égayait leurs traits. Lorsque Sia se révéla enfin à eux, ils demeurèrent bouche bée devant sa grâce. Elle portait une robe rouge brodée de fil d'or. Un subtil voile de poussière d'albâtre fardait sa figure. Des lignes de galène allongeaient son regard. Elle avait huilé sa longue chevelure. Des chatoiements bleutés jouaient dans ses boucles sombres. Avec une fierté manifeste, la sorcière d'Horus exécuta un tour complet sur elle-même et lança:

— Qu'en dites-vous, mes gaillards?

— Tu es magnifique, Sia, apprécia Leonis.

— Une vraie fleur ! renchérit Menna.

— On ne dirait pas que tu es très vieille, observa maladroitement Montu.

Sia émit un rire cristallin. Elle s'approcha de Montu et lui pinça la joue pour dire :

— En voilà des façons de parler à une femme, mon petit ! Sache qu'on ne dit jamais à une dame qu'elle est vieille… N'empêche, tu as drôlement raison ! D'autant que je suis beaucoup plus vieille que vous ne sauriez l'imaginer… Allons nous asseoir près de l'eau. Je vais poursuivre le récit que j'ai commencé hier.

Ils s'installèrent en bordure du petit lac dans lequel Sia avait nagé quelques heures auparavant. En raison du ciel cramoisi qui s'y reflétait, la teinte de l'eau s'apparentait au coloris d'un vin sombre. La sorcière d'Horus fut la dernière à s'asseoir. Durant quelques instants, elle s'attarda à la contemplation de son reflet dans le miroir sanguin du lac ; puis, le visage radieux, elle rejoignit ses compagnons. Sia s'agenouilla. Le bas de sa robe rouge se déploya autour d'elle comme la corolle d'un coquelicot. Elle ferma les yeux et huma l'air avant de prendre la parole d'une voix empreinte d'émotion :

— Je suis immortelle, mes amis. Pourtant, depuis deux siècles, une partie de moi était

morte. J'ai l'impression de revivre aujourd'hui…
Je vous dois beaucoup…

La sorcière marqua une pause. Elle ouvrit les paupières et considéra les aventuriers d'un regard chargé de reconnaissance. Leonis et ses amis l'observaient avec empathie, mais elle pouvait facilement percevoir la curiosité qui les dévorait. Elle s'empressa donc d'enchaîner:

— Je vous fais languir, mes enfants. Pardonnez-moi. Après deux siècles de réclusion, le temps n'a plus de véritable signification pour moi… Vous savez maintenant que les gens de mon peuple sont ceux que les habitants du royaume d'Égypte appellent «les Anciens». Nous continuerons à les nommer ainsi. Il y a de nombreuses choses que je ne peux vous révéler sur mes semblables. Ils n'appartiennent ni au passé ni à l'avenir. Ils évoluent dans un éternel présent. Ils seront tant que le monde sera, et peut-être même au-delà.

— Seriez-vous des dieux? demanda Montu.

— Non, répondit Sia. Nous sommes connus des dieux, nous sommes plus près d'eux que la majorité des êtres, mais nous demeurons humains. Mon peuple existe à un autre niveau de conscience que le vôtre. La légende prétend qu'il a connu son anéantissement dans un cataclysme. Cependant, ce récit puise sa source dans la volonté des miens de disparaître de la mémoire des mortels… Il m'est donc interdit de vous relater la véritable histoire des Anciens. Je peux seulement vous apprendre que, chaque fois qu'il sera nécessaire de le faire, ils seront là pour intervenir sur la terre des hommes. Ils ont engendré le peuple d'Égypte. Ils ont su le nourrir et le guider vers ses premiers pas. Ensuite, sans savoir qu'il devait ses connaissances aux Anciens, votre peuple a été laissé à lui-même. Le regard des miens est posé sur l'humanité, mais cette dernière n'en a pas conscience. Mes semblables sont tous immortels. Nous sommes beaucoup moins nombreux que les habitants d'Égypte. Pourtant, notre force surpasse celle de toutes les nations réunies…

Sia s'interrompit. Leonis, Montu et Menna étaient suspendus à ses lèvres. En dépit du caractère insolite de ses propos, elle ne percevait aucune incrédulité dans leur esprit. Elle s'éclaircit la gorge et poursuivit :

— Certains Anciens vivent depuis des millénaires. En ce qui me concerne, je n'ai qu'environ trois cent cinquante ans. Je suis donc une toute jeune fille…

La sorcière d'Horus avança une lippe espiègle. Son commentaire avait provoqué le rire de ses auditeurs.

— Les miens ont atteint la perfection de l'être, reprit-elle. Nous n'avons pas de roi et aucun des nôtres n'a plus d'importance que son semblable. Nous évoluons dans l'harmonie et dans le respect de toutes choses. Notre société n'a pas l'intention de peupler le monde. Sa mission est de veiller sur lui et d'assurer sa stabilité au-delà de la puissance des empires. Depuis longtemps, nous comptons suffisamment d'âmes pour bien accomplir cette tâche. Notre population est donc complète et, puisque nous sommes immortels, nous devons restreindre notre nombre. Les Anciens ne célèbrent habituellement qu'une naissance chaque année…

La sorcière d'Horus s'égara un moment dans ses pensées. Elle songeait sûrement à son fils, car un voile de tristesse passa dans son regard. Elle fit tourner une boucle de ses cheveux entre ses doigts avant de continuer :

— Vous savez que les divinités doivent obéir à certaines règles. Mon peuple possède aussi des lois. L'une d'elles nous oblige à rester à l'écart des luttes qui touchent l'humanité. Les peuples peuvent bien s'entredéchirer et répandre le sang, nous n'interviendrons qu'au moment où la stabilité du monde en dépendra. D'ordinaire, les agissements du maléfique Merab auraient laissé les Anciens indifférents.

Aucun de nos sorciers n'était plus puissant que lui. À sa naissance, cet envoûteur détenait un don incomparable. Toutefois, il possédait aussi une grande lacune : il était mortel. Bien entendu, il s'agissait d'un être très néfaste, mais, puisqu'il ne devait pas vivre plus longtemps que ses semblables, les miens ont jugé qu'ils n'avaient aucune raison d'agir contre lui. Selon eux, le bref passage de Merab en ce monde ne pouvait avoir que de minimes conséquences...

— Comment est-il parvenu à devenir immortel ? interrogea Menna. Leonis nous a déjà dit que Merab avait cédé son âme au dieu du chaos. Mais si les divinités ne peuvent pas intervenir directement dans la vie des mortels, comment expliquer l'intervention de Seth dans celle de Merab ?

— Le tueur de la lumière n'a rien demandé à Merab, expliqua Sia. Le vieux sorcier serait maintenant relégué au néant si mon peuple ne l'avait pas aidé à acquérir la vie éternelle...

— Ton peuple l'a aidé ! s'étonna le soldat.

— Oui, Menna. Merab doit son immortalité à la négligence des miens. Ce sorcier est un être très intelligent. Enfant, il caressait déjà le désir de vivre éternellement. Vers l'âge de vingt ans, il en savait plus que quiconque sur notre civilisation. Il avait même pu apprendre notre langue en déchiffrant certains écrits que mon peuple avait omis de détruire avant de quitter la terre d'Égypte. C'est grâce à ces récits que l'envoûteur a su que nous possédions le secret de l'immortalité. Par la suite, Merab a inlassablement exploré le royaume dans le but de découvrir ce secret. Après cinquante années de recherches, il était parvenu à réunir des milliers de tables rédigées par les Anciens. Le sorcier en a appris beaucoup sur nos origines, nos coutumes et nos règles. Les miens étaient au courant de ses découvertes et ils étaient plutôt contrariés en sachant que cet homme avait rassemblé autant de preuves de notre existence. Cependant, l'objectif de Merab n'était pas de faire connaître l'histoire des Anciens aux hommes. Il avait soixante-dix ans lorsqu'il a enfin pu mettre la main sur ce qu'il cherchait réellement : la transcription des trois tables révélant la marche à suivre pour devenir immortel. Après avoir obtenu la vie éternelle, Merab a, par bonheur, détruit la totalité des écrits que nous avions imprudemment laissés derrière nous. De toute évidence, il a agi ainsi pour que personne ne puisse l'imiter… Une autre de nos lois stipule que les acquis les plus redoutables de notre science ne doivent pas être révélés aux mortels. En raison de notre négligence, le sorcier avait pu utiliser quelques-unes de ces connaissances interdites. Par conséquent, la règle avait été enfreinte. Pour corriger cette situation, il aurait fallu éliminer Merab…

— Mais, évidemment, hasarda Montu, vous ne pouviez pas éliminer un être qui ne pouvait plus mourir…

— Merab peut mourir, Montu, répliqua la sorcière d'Horus. Les gens de mon peuple aussi. Notre immortalité n'est pas absolue. Nous ne sommes pas indestructibles comme le sont les dieux. Si une flèche arrivait à transpercer mon cœur, la blessure serait trop virulente et soudaine pour que je puisse m'en remettre. Par contre, si un cobra me mordait, mon corps chasserait le poison avant qu'il ne m'affecte. Les miens sont réfugiés dans un endroit où ils sont à l'abri des dangers. Dans un tel environnement, nous sommes presque immortels. Des accidents arrivent parfois, mais la mort nous frappe rarement. Nos corps ne vieillissent pas. Chaque parcelle de notre être se renouvelle continûment. J'ignore la nature du sort que Merab m'a jeté pour que je subisse pareille transformation. Heureusement, je constate qu'il était réversible. Lorsque les jeunes gens de mon peuple possèdent suffisamment de sagesse, ils peuvent décider du moment où ils désirent devenir immortels. J'avais vingt-sept ans lorsque j'ai pris cette décision…

— Je suis heureux de savoir que les flèches peuvent tuer Merab! lança Menna. Je détesterais viser un vieillard. Mais, en ce qui le concerne, je n'hésiterais pas!

— Il ne faut pas oublier que cet homme est un puissant sorcier, rappela la femme. Un archer qui le viserait risquerait de voir sa flèche se retourner contre lui-même. Je ne suis pas aussi forte que lui, mais je peux, moi aussi, prévoir et contrer les plus sournoises attaques. Je suis très habile, vous savez. Toutefois, je suis une sorcière bénéfique. J'ai fait le serment de ne jamais utiliser mes pouvoirs pour attaquer. Si je le faisais, mon peuple me renierait. Dans la lutte qui m'a opposée à Merab, je n'ai fait que me défendre... Je suis née quatre-vingts ans après que Merab est devenu immortel. J'étais la treizième sorcière du Temple d'Horus. Au moment de ma naissance, le dieu-faucon est apparu dans le temple. Il a annoncé à ma mère, la sorcière Maïa-Hor, que je devrais un jour gagner l'Égypte pour épouser un mortel. Mon union avec cet homme devait engendrer un puissant et bénéfique sorcier. Jusqu'au moment où il serait en âge de connaître la nature de ses pouvoirs, je devrais élever ce fils dans le respect des traditions de son père. Personnellement, j'avais douze ans lorsqu'on m'a révélé que j'étais une sorcière. Les pouvoirs d'un sorcier se manifestent habituellement à sa puberté. Je comptais donc tout dire à Chery lorsqu'il atteindrait cette période de sa vie. Hélas! il n'avait que cinq ans lorsque Merab me l'a ravi.

— Ton fils était-il destiné à combattre Merab? demanda l'enfant-lion.

— Pas précisément, répondit Sia. Mais, dans la mesure où le destin de mon fils était de lutter contre le mal, il représentait une réelle menace pour le sorcier de Seth. Avant que je ne quitte les miens, on m'a conseillé de ne jamais m'opposer à Merab. Lorsque mon enfant aurait conscience de ses forces, j'avais le devoir de lui parler du sorcier de Seth et de lui faire comprendre qu'il aurait un jour à l'affronter. De toute manière, Chery serait parvenu à trouver Merab sans mon aide… J'avais cent quarante ans lorsque j'ai foulé le sol de votre royaume. J'ai tout de suite vu la violence des mortels. La guerre faisait rage entre le Nord et le Sud. Les morts se comptaient par milliers. J'étais désespérée, loin de mon peuple, perdue au milieu de tous ces barbares qui voulaient tuer leurs frères… Un jour, je pleurais sur la rive du Nil. Je n'en pouvais plus et je ne croyais plus en rien. À ce moment, Amset et Hapi se sont manifestés à moi. Ils m'ont guidée vers l'homme qui devait devenir mon époux. Comme je devais m'y attendre, ce personnage était grand prêtre d'Horus. Le temple où il célébrait le culte s'érigeait dans la ville d'Hieracônpolis. Dix ans avant notre rencontre, le dieu-faucon s'était révélé à lui pour lui annoncer ma venue. Il m'attendait depuis ce temps. Son nom était Harkhouf. Il s'est jeté à mes pieds dès qu'il m'a vue. Chery est né durant la quatrième année de notre union… Si je n'avais pas commis une regrettable faute, Merab n'aurait jamais pu connaître mon existence… ni celle de mon fils…

Je dois dire à ma décharge que Seth a probablement aidé son envoûteur. Merab n'avait vraiment aucun moyen de savoir qu'un sorcier plus fort que lui allait voir le jour. Il ne pouvait connaître mes facultés. Si Seth ne l'a pas guidé vers moi, je ne vois guère comment il a pu faire pour flairer ma présence… Personne ne savait rien de mes origines. Même mon époux n'était pas au courant du fait que j'étais une sorcière. Pour ce cher Harkhouf, j'étais simplement une guérisseuse. Il m'arrivait fréquemment de soigner les gens en préparant des potions ou en appliquant des cataplasmes sur leurs plaies. Seulement, je puisais ces médecines dans la science de mon peuple. Je n'utilisais que rarement ma magie. Un jour, trois prêtres du temple sont venus me voir. De vilaines plaques rouges étaient apparues sur leur figure. Durant une semaine, j'ai eu recours à de nombreux remèdes qui n'ont donné aucun résultat. Les trois hommes ne souffraient pas trop, mais les démangeaisons qu'ils éprouvaient les empêchaient de bien dormir. Leur maladie était insignifiante. Comment aurais-je pu me douter qu'elle avait été causée par la sorcellerie de Merab? Puisque je voulais soulager rapidement ces hommes, j'ai fait appel à mes pouvoirs. Les prêtres ont mis leur guérison rapide sur le compte d'un breuvage tout à fait inefficace que je leur avais fait avaler. En vérité, je n'ai eu qu'à me concentrer un peu pour faire sortir le mal de leur sang. Ce fut une erreur de ma part. Puisque je venais de contrer l'un des envoûtements de Merab, je m'étais opposée à lui. Il a pu m'identifier. Il savait désormais qui était la sorcière parmi les soixante femmes rattachées au temple. De mon côté, j'ignorais qu'il m'avait repérée. Je n'ai donc pas songé à m'entourer d'une barrière psychique. Il a pu sonder mon esprit à sa guise… Seth ne lui a pas révélé qui j'étais. Par contre, il lui a certainement indiqué qu'une sorcière habitait le lieu de culte. Il lui a peut-être même suggéré de jeter un sort à quelques prêtres. Sans ce petit conseil, Merab ne se serait douté de rien.

— La ruse était habile, commenta Leonis. Horus n'aurait-il pas pu te faire savoir que tu étais menacée? Le dieu-faucon n'avait-il pas déjà annoncé ta venue à Harkhouf? Puisque tu étais sous son parrainage, ne pouvait-il pas communiquer avec toi?

— Harkhouf était grand prêtre. Le naos d'un temple est un domaine divin où les dieux sont autorisés à entrer en contact avec les mortels. Horus aurait pu communiquer avec moi. Cependant, il ignorait que Merab connaissait mon existence… Le sorcier de Seth a été patient. À la naissance de Chery, il n'a rien tenté. Il a agi cinq ans plus tard. Une nuit, Horus s'est manifesté à moi en utilisant le rêve. Il ne pouvait rien affirmer, mais il avait de bonnes raisons de croire que Merab allait bientôt passer à l'attaque. Il m'a dit que je devais, sans tarder, procéder aux rituels qui rendraient mon fils immortel. J'ai protesté, car cela aurait empêché Chery de devenir sorcier. Horus m'a dit que je devais le faire malgré tout. J'ai obéi. Un mois après ce jour, Merab a enlevé mon enfant. J'avais quitté le temple pendant quelques heures seulement. Chery était avec son père. À mon retour, les cent vingt-trois occupants du lieu de culte étaient morts. Harkhouf était du nombre. Mon fils avait disparu… Merab a réussi à m'entraîner dans les Dunes sanglantes. Il m'a dit que je retrouverais mon petit Chery dans cette oasis. C'était faux. Nous avons livré bataille et il m'a vaincue. Il aurait pu me tuer. Il m'a plutôt jeté un sort… Probablement parce qu'il devinait qu'il était beaucoup plus cruel d'agir de cette façon.

17

KHNOUMIT VEUT VOYAGER

Une nouvelle fois, Baka passa une main tendre dans la chevelure sombre et soyeuse de sa sœur. Avec chaleur, il demanda :

— Tu es certaine que ça ira, ma chère Khnoumit ?

— Ne t'en fais pas, Baka, répondit la belle dame avec un faible sourire. Le destin a parlé. Je m'étais vraiment attachée à cette fillette, tu sais ?

— Je sais, Khnoumit, dit Baka en se prenant le menton. Tu pourrais en adopter une autre ? Que dirais-tu d'une très jeune enfant ? On pourrait l'enlever à ses parents et elle ne saurait jamais que tu n'es pas sa vraie mère...

— C'est hors de question ! protesta Khnoumit.

Le maître des ennemis de la lumière fut surpris par sa réaction. La femme se ressaisit et reprit avec calme :

— Je te remercie de ta sollicitude, mon cher frère. Tu sais que je n'approuverai sans doute jamais les actes des adorateurs d'Apophis. Cependant, je te suis grandement reconnaissante pour les bienfaits que tu me procures. La perte de Tati me prive d'une grande joie, mais, au fond, je suis heureuse que la mort l'ait prise avant que vous ne la fassiez souffrir. Ce n'était qu'une question de temps, n'est-ce pas ?

— Je ne peux te cacher que certaines personnes commençaient à s'impatienter, Khnoumit. Puisque la sœur du sauveur de l'Empire était entre nos mains, nous possédions l'instrument idéal pour attirer Leonis dans un piège. De mon côté, j'avais l'impression que Tati n'avait plus d'importance pour son frère. Il devait venir seul au rendez-vous que nous lui avions fixé dans les ruines du temple de Ptah. Nous l'avions menacé d'éliminer Tati s'il n'obéissait pas. En dépit de cet avertissement, une troupe de combattants l'accompagnait, cette nuit-là… Si sa sœur avait compté pour lui, il n'aurait pas agi de la sorte… Selon moi, étant donné que Leonis avait renoncé à elle, Tati ne nous servait plus à rien. Seulement, mes hordes savaient que nous détenions cet appât. Avant longtemps, il m'aurait fallu l'utiliser pour satisfaire les adeptes du grand serpent… Mais tu as probablement raison, ma douce Khnoumit : le destin avait sans doute son mot à dire dans tout cela.

— Ce fut une horrible soirée. Je crois que Tati est tombée dans la piscine. L'eau était très basse… Sa tête a sûrement heurté la pierre… D'après l'état de son corps, elle devait être morte depuis des heures lorsque nous l'avons découverte. Tu te rends compte, Baka ? Deux personnes sont mortes ce soir-là ! Je n'aimais pas particulièrement ce Hay, mais la nouvelle de sa mort m'a un peu attristée. Les crocodiles… Il a dû connaître une fin atroce…

— Hapsout m'a raconté cette soirée, Khnoumit. Il m'a dit qu'il avait tout tenté pour sauver Hay. Il tenait vaillamment la main de son camarade lorsqu'un crocodile a emporté celui-ci… Hapsout a dû regagner la rive pour ne pas subir le même sort. Nos hommes sont courageux. Ils sont rompus à la souffrance. Hay faisait partie des troupes d'élite. Il n'aurait pas voulu d'une mort douce. Au cours de notre dernière cérémonie, la foule du Temple des Ténèbres a scandé son nom… Ce gaillard a péri dans la douleur et, même si ses adversaires étaient des crocodiles, il est mort en livrant un ultime combat! J'ai la conviction qu'il a lutté avec bravoure! Les ennemis de la lumière ne tremblent devant rien ni personne!

Le maître des adorateurs d'Apophis avait achevé sa phrase dans un rugissement. Il avait levé les poings devant son visage. Une lueur féroce scintillait dans son regard. À cet instant, sa tyrannie était presque palpable. Khnoumit tressaillit. Son frère était vraiment le plus redoutable des êtres. Elle s'efforça de demeurer impassible pour lui annoncer:

— J'ai envie de quitter ce domaine, Baka.

Le maître la toisa avec curiosité. Il dodelina de la tête, un peu comme s'il n'était pas certain d'avoir bien entendu. D'une voix mielleuse, il demanda:

— Aurais-tu envie de venir habiter dans notre repaire, chère Khnoumit?

— Je... je ne veux pas abandonner le domaine, Baka. J'ai juste besoin de me changer les idées durant quelques mois... J'ai envie de me rendre chez notre sœur Sénay...

— Sénay réside dans notre propriété d'Edfou, répliqua le maître. Je ne l'ai pas vue depuis deux ans... Tu seras loin de moi, Khnoumit. Je n'aime pas te savoir loin de moi.

— Je t'en prie, Baka. Tu ne viens presque jamais ici. Tu ne t'apercevras même pas de mon absence. Je reviendrai dans trois mois. D'autre part, les scribes du royaume viendront bientôt visiter ce domaine pour percevoir les impôts. Je devrai donc céder ma place à Meni et me terrer sous la maison durant des jours. Il y a bientôt huit ans que je suis confinée dans cette enceinte. Si tu as vraiment de l'affection pour moi, tu devrais me permettre de partir pour Edfou…

Les traits de l'homme s'adoucirent. Il opina gravement du chef avant de déclarer :

— C'est bien, Khnoumit. Toutefois, il ne faudrait pas que les gens te reconnaissent. Tu étais toujours près de moi lorsque j'occupais le trône d'Égypte. Le peuple vénérait ta beauté. La sœur d'un ancien roi ne passe jamais inaperçue. Surtout lorsqu'elle a été la plus belle femme des Deux-Terres.

— J'ai vieilli, Baka… Je voilerai mon visage s'il le faut. J'ai toujours eu peur de quitter cet endroit. Tu n'as d'ailleurs jamais voulu que je m'y risque… Mais j'ai besoin d'oublier ce qui s'est passé ici. Sénay sera sans doute heureuse de me voir ! Après toutes ces années, nous en aurons, des choses à nous raconter !

— Le niveau du Nil est bien bas. Ces temps-ci, les voyages en barque sont difficiles.

Ton périple serait plutôt désagréable. Tu devrais attendre la crue avant de partir pour Edfou. C'est loin, Edfou.

— Je pourrais emprunter la route du désert, suggéra la dame. Je suis solide. Les hommes vont rarement à dos d'âne. Ils ont peur d'avoir l'air ridicule. Pour ma part, je n'y vois aucun inconvénient. La vieille Ahouri viendra avec moi...

— C'est d'accord, Khnoumit, approuva Baka. Mais je t'avertis : les déplacements dans le désert sont épuisants. Tu auras une escorte de six hommes. Quand comptes-tu partir ?

— Je... je voudrais partir dans une semaine si cela est possible... Pourquoi six hommes ? À mon avis, deux hommes feraient très bien l'affaire...

— Je ne reviendrai pas sur ma décision, Khnoumit. Je veux que tu voyages convenablement et je ne tiens pas à ce qu'il t'arrive malheur... Mes hommes viendront te chercher dans sept jours. Afin de gagner le désert le plus discrètement possible, vous partirez après le coucher du soleil. Je dois te quitter, maintenant. La route est longue jusqu'au Temple des Ténèbres... Tu es sûre que ça ira ?

— Je te répète que tu ne dois pas t'en faire, Baka. Maintenant que tu m'as autorisée à me rendre à Edfou, je ne penserai qu'à ce voyage ! Si tu savais comme j'ai hâte de revoir Sénay !

Ils s'enlacèrent et marchèrent jusqu'au portique en se tenant la main. Avant de quitter sa sœur, Baka la dévisagea longuement. Il lui adressa un sourire affectueux. Sur un ton des plus sincères, il dit :

— Tu vas me manquer, douce Khnoumit. Tu salueras Sénay de ma part.

La belle dame lui rendit son sourire caressant. Il la salua d'un geste, couvrit sa tête de son capuchon et rejoignit les gardes qui l'attendaient dans l'allée. Lorsqu'il se fut éloigné, Khnoumit murmura entre ses dents :

— Je vais te manquer plus que tu ne le crois, pauvre fou.

La femme tourna les talons. D'un pas rapide, elle alla retrouver la vieille Ahouri qui l'attendait dans la salle principale. Elle s'avança vers sa servante pour lui glisser à l'oreille :

— C'est pour cette nuit, Ahouri. Va vite lui dire que c'est pour cette nuit… Dis-lui que nous partirons dans sept jours… Six hommes nous escorteront… Dis-lui aussi que… que je l'aime.

18

ON NE POURSUIT PAS LES MORTS

Une lampe brûlait dans la pièce exiguë qui se trouvait sous la maison de la belle Khnoumit. La cache ne manquait pas de confort. Des nattes de jonc recouvraient les murs et le sol dallé de granit. Des draperies colorées conféraient un peu de vie à ce lieu de réclusion. Le mobilier ne comportait qu'une table basse, un coffre et une petite armoire de cèdre. Il y avait aussi de nombreux coussins et un matelas. Un soupirail avait été ménagé pour laisser pénétrer l'air et la lumière. Cette nuit-là, parce qu'une lampe était allumée dans le réduit, le soupirail était obstrué par une planche. Il ne fallait pas attirer l'attention des gens du domaine. Personne ne devait se douter que la petite Tati était toujours vivante.

En ce moment, l'appréhension, la tristesse, l'espérance et la joie se partageaient l'esprit de la fillette. Elle savait qu'elle quitterait enfin cette pièce dans laquelle, huit jours auparavant, la belle Khnoumit l'avait enfermée. Au début, Tati avait considéré cela comme un jeu. À présent, elle en avait plus qu'assez d'être recluse dans cette minuscule chambre. Mais la petite comprenait qu'elle ne devait pas se montrer capricieuse. Deux jours avant que ne débutât ce déplaisant confinement, Khnoumit s'était longuement entretenue avec la fillette. Elle lui avait révélé des choses étonnantes. Ces confidences avaient bouleversé Tati. Elles avaient toutefois mis un terme aux questions qui la hantaient depuis son arrivée chez la belle Khnoumit. Maintenant, la petite savait pourquoi on l'avait sortie de l'atelier de Thèbes où elle avait longtemps besogné comme esclave. Elle savait que le frère de Khnoumit était un homme très méchant, qui l'avait fait enlever par monsieur Hapsout dans le but de faire du mal à Leonis. Tati était au courant que son frère vivait toujours. Khnoumit lui avait affirmé qu'elle le retrouverait dans peu de temps. À l'annonce de cette nouvelle, le cœur de la fillette avait bondi dans sa poitrine. Son bonheur avait été si grand qu'elle en était restée muette. Ensuite, la femme avait fait comprendre à sa protégée qu'elles devraient bientôt se séparer pour ne plus jamais se revoir. Ces paroles avaient causé beaucoup de chagrin à Tati, mais Khnoumit était parvenue à la convaincre qu'il n'y avait pas d'autre solution.

Tati ne s'était jamais retrouvée longtemps seule dans cette petite pièce. La belle Khnoumit et la bonne Ahouri s'étaient fréquemment relayées afin de lui tenir compagnie. Puisque l'entrée de la cache se trouvait dans la chambre de la maîtresse des lieux, cette dernière dormait chaque nuit aux côtés de la petite. Cette nuit-là, cependant, Khnoumit et Tati devraient se dire adieu. Quelques instants plus tôt, la dame était venue l'avertir de se tenir prête. La petite attendait, immobile et frémissante, dans le silence feutré du réduit. La lueur jaunâtre de la lampe à huile éclairait son visage résigné. L'enfant faisait la moue, mais elle s'efforçait de ne pas pleurer.

Un roulement se fit entendre au-dessus d'elle. Elle leva les yeux. La figure de Khnoumit s'encadra dans le carré sombre qui venait de s'ouvrir au plafond. La femme chuchota :

— Il est temps, ma princesse.

Tati grimpa sur la table basse, puis sur l'armoire qui était installée sous l'entrée de la cachette. Sans effort, elle se retrouva dans la chambre de Khnoumit. Cette dernière referma la trappe et murmura :

— Il ne faudra pas faire de bruit, ma poupée. Les servantes sont couchées. Nous allons sortir dans les jardins. Tu devras garder le silence et faire ce que je te dirai, d'accord ?

— D'accord, Khnoumit, répondit Tati dans un souffle.

La dame saisit la main de la fillette. Elles quittèrent la chambre, traversèrent le quartier des femmes et atteignirent le porche. La sœur de Baka prêta l'oreille aux bruits du dehors. Seuls quelques insectes, que la sécheresse rendait atones, stridulaient faiblement dans l'herbe flétrie. D'un pas furtif, la belle Khnoumit entraîna sa protégée derrière une petite construction de planches qui se trouvait à proximité du mur d'enceinte. À voix basse, elle dit :

— Tu vois le fossé d'irrigation qui se trouve devant nous ?

— Je le vois, Khnoumit. Il n'y a plus d'eau dedans.

— C'est bien, ma jolie Tati. Ce fossé te mènera hors de l'enceinte. Tu devras ramper pour traverser le mur. Monsieur Hay t'attend de l'autre côté. Écoute-moi bien, ma princesse : tu ne devras pas prononcer un mot avant que monsieur Hay t'autorise à le faire…

— J'ai compris, Khnoumit, fit Tati.

— Serre-moi très fort, maintenant, ma poupée.

La petite étreignit la femme. Le nez dans les cheveux de Khnoumit, elle huma son parfum avec vigueur. La belle dame renifla. Tati ne put retenir plus longtemps ses larmes. Elles vivaient en silence l'un des plus éprouvants moments de leur existence. Khnoumit repoussa délicatement la fillette. Elle prit sa tête entre ses paumes tremblantes et soupira :

— Je t'aime, ma petite Tati. Je te souhaite une très belle et très longue vie. Tu dois partir, maintenant.

— Je t'aime aussi, Khnoumit… Je ne t'oublierai jamais… jamais.

Les doigts de la femme abandonnèrent à regret les joues mouillées de Tati. La sœur du sauveur de l'Empire gonfla ses poumons. Elle secoua résolument la tête avant de se retourner. Accroupie, elle atteignit le fossé étroit et peu profond. La fillette s'approcha du mur et se mit à plat ventre. Le passage était serré. Elle s'érafla les coudes sur la pierre, mais elle déboucha rapidement à l'extérieur de l'enceinte. Elle ne s'était pas encore relevée lorsqu'elle aperçut une ombre sur sa gauche. Une voix faible l'accueillit :

— Je suis là, ma belle Tati. Tu dois me suivre.

Un mince croissant de lune éclairait à peine la vallée. Tati reconnut tout de même l'imposante silhouette de Hay. Dans l'obscurité, le combattant chercha la main de la fillette. Il la trouva et entraîna aussitôt Tati jusqu'à un fossé d'irrigation beaucoup plus profond que le précédent. L'homme et la petite s'y engagèrent. Ils progressèrent à genoux sur le sol humide. Une odeur de limon flottait dans l'air. Ils croisèrent un fossé transversal et le suivirent. Le manège dura longtemps. Lorsqu'ils furent enfin en lieu sûr, Hay annonça à mi-voix:

— Nous allons pouvoir marcher, maintenant.

Tati se leva. Elle massa ses genoux douloureux en scrutant les ténèbres. Sur le même ton que l'homme, elle dit:

— Je n'y vois rien, monsieur Hay. Où sommes-nous?

— Ne t'en fais pas, ma belle. Je sais où nous nous trouvons. Nous devons encore rester discrets, mais il n'y a plus rien à craindre. J'espère que tu ne t'es pas trop ennuyée dans ta cachette…

— J'avais hâte d'en sortir, monsieur Hay. Mais je devais obéir à Khnoumit… C'est vrai que vous allez me conduire à mon frère?

— Oui, Tati. Dans quelques jours, je te conduirai à lui. En attendant, nous allons habiter dans une petite case en limon qui se trouve non loin d'ici.

— Est-ce que je serai à l'abri de ceux qui me veulent du mal?

— Tu peux compter sur moi, ma princesse. Ils ne te retrouveront pas… Pour ces gens, tu n'existes plus.

Ils se remirent en route. Hay était heureux de sentir la petite main de Tati dans la sienne. Un mois auparavant, alors qu'il tentait désespérément de mettre sur pied un plan d'évasion, il s'était dit que, même si Khnoumit, Tati et lui parvenaient à fuir, il n'y aurait aucun moyen pour eux d'échapper indéfiniment aux adorateurs d'Apophis. Baka et ses hordes les poursuivraient jusqu'à la mort. Cette évidence avait servi de base aux manœuvres que le combattant avait imaginées par la suite. Il avait songé que, puisque l'on ne poursuit pas les morts, il fallait qu'il simulât son propre trépas, ainsi que celui de la fillette. Après quoi, étant donné que les ennemis de la lumière ne pourraient le soupçonner, Hay aurait la possibilité d'agir dans l'ombre pour organiser la fuite de sa bien-aimée. Khnoumit et lui avaient donc élaboré une habile mise en scène. Chaque mois, Hapsout venait rendre visite à Hay. Le combattant avait décidé qu'il faudrait agir en présence de ce triste individu. Hapsout servirait de témoin. Le stupide jeune homme était le personnage tout désigné pour ce rôle. Avec la complicité de la nuit, il ne verrait probablement que ce que l'on avait l'intention de lui faire voir.

Hay et Khnoumit avaient planifié ensemble la fausse noyade de Tati. Ensuite, ils avaient discrètement confectionné un mannequin. Le corps et les membres avaient été fabriqués avec des sacs remplis de paille. Le combattant avait sculpté une tête de bois. La perruque que Khnoumit avait mutilée imitait la chevelure courte de la fillette. Hay avait brisé une statue de Sobek afin de lui ravir un bras. Cette effigie avait sensiblement les proportions de la petite. L'homme avait peint le membre pour conférer au calcaire l'aspect approximatif de la peau humaine. Le bras de Sobek n'avait pas été attaché au mannequin. Son poids eût empêché le faux cadavre de flotter. Même si Hapsout n'était pas très perspicace, il ne fallait guère écarter la possibilité qu'il flairât la supercherie. Après avoir gagné sa chambre, Khnoumit avait enveloppé le bras de pierre avec le corps. Hapsout ne chercherait probablement pas à voir Tati en présence de Khnoumit. Cependant, lorsqu'il se retrouverait seul avec Hay, il était fort possible que le jeune homme exprimât le désir de jeter un œil sur la noyée. Dans cette éventualité, Hay devrait lui montrer le bras qu'il avait maquillé. Si, au bout du compte, Hapsout s'apercevait que tout cela n'était qu'un coup monté, le combattant se proposait de l'assassiner. Heureusement, malgré son implacable cruauté, le jeune adorateur d'Apophis ne pouvait supporter la vue d'un cadavre. Hay avait été surpris et soulagé de constater ce fait. Cette nuit-là, Hapsout n'avait pas émis le moindre doute sur l'authenticité du corps. Le gaillard lui avait néanmoins montré la main de calcaire de la statue. La faible lueur de la torche avait créé une illusion parfaite. En voyant la figure dégoûtée du jeune homme, Hay avait entrevu que la partie était presque gagnée.

Comme il le faisait chaque année à la même période, le médecin Khaemhat devait quitter le domaine pour se rendre au Temple des Ténèbres. Dans la propriété, Khaemhat eût été la seule personne qui, en usant de son autorité de savant homme, eût pu exhorter Khnoumit à lui montrer le corps. Il était donc important d'agir pendant son absence. La fidèle Ahouri avait également participé à cette machination. Durant la semaine qui avait précédé cette pénible soirée, la belle Khnoumit lui avait exposé le plan. En dépit de son émoi, la vieille domestique avait assuré à sa maîtresse que, comme toujours, elle pourrait compter sur elle. Sa tâche était de veiller à ce que personne ne vît Khnoumit emporter le corps dans sa chambre. D'ordinaire, parce qu'ils se levaient dès l'aube, tous les domestiques se couchaient très tôt. Pour ne rien changer à cette habitude, la vieille dame avait elle-même préparé le repas tardif de Hapsout. Lorsque les cris de Khnoumit avaient retenti dans les jardins, Ahouri attendait dans la grande salle du quartier des femmes. La piscine était éloignée de la demeure. Le bruit n'avait réveillé personne. La salle était déserte lorsque la maîtresse avait passé la porte. Ensuite, Ahouri avait obéi aux directives de Khnoumit. Elle avait tiré les servantes du sommeil et, sans rien leur expliquer, elle les avait expulsées de leur quartier. Le remue-ménage risquait d'exciter leur curiosité. De plus, les servantes éprouvaient beaucoup d'affection pour Tati. Hay n'avait surtout pas envie de voir l'une d'entre elles se ruer sur le corps tandis qu'il l'emportait.

Exception faite de quelques menus détails, tout avait fonctionné comme prévu. Hapsout était arrivé un peu trop tôt. Khnoumit l'avait donc prié d'attendre Hay dans le pavillon. À ce moment, le combattant se trouvait dans la maison. Puisque l'obscurité était nécessaire à la réussite du plan, Hay n'avait rejoint Hapsout qu'une heure plus tard. Pendant que les deux hommes discutaient, Khnoumit avait discrètement déposé le mannequin dans la piscine. Elle s'était ensuite dirigée vers la demeure avant de faire volte-face pour marcher vers le pavillon. Elle avait dit aux hommes qu'elle ne trouvait pas Tati, et elle s'était emparée d'une lampe pour partir à sa recherche. Ensuite, elle avait joué son rôle à la perfection. Hay aussi, d'ailleurs.

Quand Khnoumit avait hurlé, Hay devait être le premier à atteindre la piscine. Khnoumit avait laissé le temps à Hapsout de visualiser la scène. Ensuite, elle avait volontairement laissé tomber sa lampe. Hay avait ordonné au jeune homme d'aller en chercher une autre. Le combattant comptait sur son absence pour disposer le mannequin sur l'herbe. Khnoumit devait s'enfuir avec le corps au moment où Hapsout reviendrait vers eux. Elle devrait aussi faire en sorte de soustraire le cadavre factice à son regard. C'était pour cette raison qu'elle avait revêtu une robe très ample. Lorsqu'il avait vu un garde s'approcher avec une lampe, Hay avait senti ses cheveux se dresser sur sa tête. Cette sentinelle risquait vraiment de tout gâcher ! Le gaillard avait fait mine de chercher le corps en tâtonnant. Lorsqu'il avait extirpé le mannequin de l'eau, il l'avait dissimulé du mieux qu'il le pouvait. Le garde s'était avancé trop près du corps. Khnoumit avait eu la présence d'esprit de crier comme une folle. Elle avait repoussé Hay, s'était jetée sur le faux cadavre et l'avait rapidement recouvert de sa robe pour foncer vers la maison.

Quelques heures plus tard, Khnoumit avait demandé aux hommes d'aller jeter le cadavre de Tati dans le Nil. Hay avait convié Hapsout à l'accompagner. En lui parlant des crocodiles, le combattant pouvait facilement prévoir que ce poltron refuserait de descendre sur la rive. Pour obliger Hapsout à rester le plus loin possible de l'eau, il avait choisi un endroit escarpé de la berge. Ainsi, il avait pu s'éloigner du jeune homme. Sachant très bien que ce dernier ne viendrait pas à son secours, il avait simulé l'attaque d'un crocodile. Il avait hurlé et râlé en frappant l'eau avec une rame. Hay avait cessé son vacarme. Il avait entendu les paroles moqueuses de Hapsout. Ces mots avaient confirmé la réussite du plan. Le cœur en joie, il avait attendu que la lumière de la torche disparût avant de quitter la rive à bord d'un fragile canot de jonc.

À présent, Tati et Hay étaient libres. Le gaillard conduirait la petite à proximité du palais royal de Memphis. Khnoumit devait bientôt partir pour Edfou. Six adorateurs d'Apophis l'escorteraient. Le combattant suivrait le groupe sans être vu. Une nuit, il passerait à l'action. Il agirait en silence et tromperait la vigilance des gardiens. Baka croirait à un enlèvement. Hay et sa belle quitteraient l'Égypte. Ils vivraient heureux.

19
LE DÉPART

À l'extrémité ouest de l'oasis, au centre d'une large élévation sableuse, se dressait un grand rectangle de pierres rouges. Cette construction était la porte qui permettrait aux aventuriers et à la sorcière de réintégrer le monde des hommes. Ils s'apprêtaient à franchir ce passage. Ils étaient fébriles. La joie et l'espoir gonflaient leur cœur. Il y avait huit jours que Sia avait été libérée du sort de Merab. Elle était maintenant prête à amorcer l'accablant voyage qui mènerait le petit groupe vers Memphis.

En songeant au long périple qui les attendait, l'enfant-lion et ses compagnons s'étaient d'abord inquiétés. Ils ne disposaient que d'une ânesse pour transporter l'eau et les vivres. Même en surchargeant la vaillante bête, ce qui était évidemment exclu, ils n'auraient pas été en mesure d'accomplir la moitié de leur trajet vers le Nil. Menna avait estimé que, si tout allait bien, ils atteindraient les environs de Thèbes avant trois semaines. Ils se ravitailleraient dans cette région avant de rallier Memphis par le désert. Durant cette éprouvante progression, il leur faudrait suffisamment d'eau et de nourriture pour assurer leur subsistance. Cet exploit semblait impossible à réaliser. Sia les avait rassérénés en leur assurant que, même s'ils quittaient l'oasis en emportant juste assez d'eau pour une seule personne, ils ne mourraient pas de soif. Elle avait rempli une outre avec un mélange grisâtre, granuleux et sec, qu'elle avait mis deux journées entières à préparer. Selon elle, cette substance suffirait ample-ment à les nourrir. En songeant que, pendant des semaines, il devrait se contenter d'avaler cette livide mixture, le gourmand Montu s'était montré angoissé et méfiant. Sia l'avait autorisé à goûter sa préparation. Montu avait dû faire un effort pour ne pas recracher son infime bouchée. Le désespoir du garçon avait monté d'un cran. Malgré tout, en affichant un air de condamné à mort, il avait déclaré sentencieusement qu'il se sacrifierait.

Le matin était encore jeune. Les occupants de l'oasis étaient réunis à proximité du grand rectangle de pierre. La veille, la sorcière d'Horus avait visité une dernière fois cet îlot de verdure qui avait été son monde durant plus de deux siècles. Elle avait passé un long moment auprès de ses ruches pour dire adieu à ses abeilles. Elle avait ensuite libéré les cailles et les pigeons de son élevage. Ces oiseaux peupleraient l'oasis. L'instinct de survie les empêcherait sans doute de franchir la barrière de brume. Deux jours plus tôt, Sia avait procédé à un étrange rituel. Cette longue séquence d'invocations criardes, ponctuée de gestes inusités, était censée préserver les jeunes gens des éventuels sortilèges de Merab. Pendant que la sorcière s'affairait, Leonis et ses compagnons n'avaient rien ressenti de particulier. Sia leur avait cependant assuré que, tant qu'ils se tiendraient éloignés du sorcier de Seth, ils seraient à l'abri de ses envoûtements.

Tout était maintenant prêt. L'ânesse était chargée de quatre outres, d'un panier, de deux sacs contenant divers accessoires, de deux carquois, de trois arcs et d'une lance. L'enfant-lion portait une longue robe de lin blanc qui avait résisté à la tumultueuse traversée des Dunes sanglantes. Menna et Montu avaient revêtu des robes bleues que leur avait fournies Sia. Ces vêtements couvraient entièrement leur corps. Des lignes de galène entouraient leurs yeux. Grâce à ces précautions, leur peau serait protégée du soleil et ils ne seraient pas aveuglés par la trop vive lumière du désert. Du haut de l'élévation où ils se trouvaient, ils pouvaient apercevoir l'étendue rouge des Dunes sanglantes. Aucune des créatures de Seth n'était visible. Le sauveur de l'Empire gonfla ses poumons et déclara :

— C'est le moment, mes amis.

— J'espère que cette porte nous conduira vraiment dans notre monde, fit Montu d'une voix craintive.

— Tu n'as pas à te tracasser, mon petit, lui assura Sia en lui touchant l'épaule. Mes faucons empruntent souvent ce passage. Par leur intermédiaire, Horus m'a mise au courant de son usage.

— Au fait, fit remarquer Menna, Amset n'est pas encore revenu de Memphis…

— Cela n'a rien d'exceptionnel, dit la sorcière. Il y a longtemps que je ne m'inquiète plus au sujet de mes divins oiseaux… D'ailleurs, mon cher Hapi sera le premier à franchir la porte. Il vous a guidés vers moi, il lui appartient de vous indiquer le chemin du monde des mortels.

Hapi était perché au sommet du grand rectangle de pierre. Il réagit aux paroles de Sia en poussant une longue note flûtée. Il s'envola, se dirigea vers l'est, exécuta une virevolte et fonça vers la porte. En passant sous le linteau de pierre, il se volatilisa. Montu lança :

— Vous savez, j'ai beau avoir déjà vécu un moment identique à celui-ci, je reste aussi impressionné que la première fois.

— À toi l'honneur, brave Sia, clama Leonis.

La sorcière d'Horus hocha nerveusement la tête. Un sourire ému naquit sur ses lèvres. Les yeux roulant dans l'eau, elle s'avança vers le rectangle. Elle adressa un regard aux aventuriers, passa la porte et, à l'instar du faucon, elle disparut.

Montu fut le dernier à franchir le passage. La lumière du jour l'aveugla. Il plaqua son avant-bras sur ses yeux pour se protéger de l'éblouissement. Son ânesse l'accueillit avec un long braiment. Leonis et Menna poussèrent des exclamations joyeuses. Montu retira son bras et ouvrit les paupières. Il jeta un long regard circulaire sur le désert. Le ciel était d'un bleu saisissant. Les dunes avaient la teinte cuivrée du miel. Après ce long séjour dans le domaine du tueur de la lumière, les couleurs du monde des hommes semblaient surnaturelles. Montu demeura bouche bée. Menna et Leonis dansaient en fredonnant un air affreux. Sia était tombée à genoux et levait les yeux vers le ciel. Elle pleurait en silence en prenant le sable à pleines paumes. Des traits de galène zébraient ses joues. Emporté par sa danse burlesque, Leonis trébucha et tomba sur le sol en riant aux éclats. Ils mirent du temps à calmer leur euphorie. Haletant, l'enfant-lion jeta enfin :

— Nous avons réussi, les gars ! Nous allons bientôt revoir le Nil !

— J'ai… j'ai l'impression de rêver, bafouilla Menna entre deux souffles. Nous sommes au beau milieu du désert, mais j'ai le sentiment de n'avoir jamais rien vu de plus beau.

— Imaginez ce que je peux ressentir, ajouta la sorcière. Il y a deux cents ans que je n'ai pas vu ce ciel bleu ! Qu'Horus vous garde, mes amis ! J'avais depuis longtemps renoncé à retrouver ce monde. Je vous promets de me battre sans répit pour vous.

— Merab peut-il savoir que nous t'avons libérée ? demanda Montu

— Je n'en sais rien, avoua la femme. Mais, puisque Seth est certainement déjà au courant de ma délivrance, il ne tardera assurément pas à en faire part à son sorcier. Malgré tout, soyez sans crainte. Je vous ai entourés d'un voile magique qui empêchera Merab d'agir contre vous. Cet horrible personnage ne pourra même pas savoir où vous trouver.

— Serons-nous toujours à l'abri de sa magie ? questionna Menna.

Sia hésita un moment avant de répondre :

— Je dois admettre que, si vous vous retrouviez face à lui, Merab pourrait aisément éliminer la barrière qui vous préserve de ses envoûtements. Par la suite, vous seriez à sa merci. Mais je suis là pour veiller sur vous, mes enfants! Autrefois, je ne me suis pas méfiée de cet homme. Maintenant, je sais qu'il cherchera à nous nuire. Je serai prête à nous défendre. Vous savez qu'il est plus fort que moi. Néanmoins, vous verrez… je saurai vous protéger.

La sorcière s'essuya la joue. Elle émit un petit rire en voyant que sa main était souillée de galène. D'une voix amusée, elle dit:

— Je dois être belle à voir.

— On dirait presque que tu viens de récurer un four, l'informa Montu.

Sia s'approcha de l'ânesse rousse. De l'un des sacs, elle tira un chiffon de lin. Elle revint vers ses compagnons et tendit le bout de tissu à Montu. Ce dernier s'en empara et, en quelques gestes, il nettoya le visage de la femme. Menna releva la position du soleil pour choisir la direction qu'il leur faudrait prendre. Sia lui annonça:

— Hapi nous montrera le chemin, Menna. En nous basant seulement sur le soleil, nous rejoindrons certainement le grand fleuve, mais nous risquerions de nous éloigner du nord.

En suivant le faucon, nous atteindrons le Nil plus rapidement.

Menna observa l'oiseau qui décrivait de larges cercles dans le ciel sans nuage. En souriant, il acquiesça :

— D'accord, Sia. J'avais oublié que nous avions un guide. Il est temps de nous mettre en route, mes amis ! Allez, mon vieux Hapi, mène-nous tout droit au pied des pyramides !

— Les… pyramides ? répéta la sorcière sur un ton hésitant.

Le sauveur de l'Empire comprit la perplexité de la femme. Il déclara :

— Nous oublions qu'il y a deux siècles que tu n'as pas vu la glorieuse Égypte, ma brave Sia. Tu ne peux donc pas savoir ce que sont les pyramides. Il s'agit de gigantesques et magnifiques tombeaux. La pyramide du roi Djoser est la première de toutes celles qui ont été érigées. Elle fut construite il y a environ cent cinquante ans, à Saqqarah, par le grand architecte Imhotep.

— J'imagine que, depuis mon départ, l'Égypte a bien changé, soupira Sia d'un air rêveur.

Ils saisirent leurs bâtons appuyés contre le rectangle de pierre. De ce côté, la couleur de la porte se confondait avec celle du désert. Ils quittèrent la dune. Après avoir parcouru une faible distance, le sauveur de l'Empire leva la tête pour observer le faucon. Un moment, il eut l'impression qu'il voyait double. Deux Hapi planaient côte à côte sous le dôme céleste. Leonis se rendit compte que ses yeux ne le trompaient pas. Il s'exclama :

— Amset vient de retrouver son frère, mes amis !

Sia leva les yeux et son visage s'éclaira. La femme ceignit à la hâte son poignet gauche avec le morceau de lin que Montu avait utilisé pour lui débarbouiller la figure. Elle poussa un cri aigu. L'un des oiseaux de proie plongea vers le groupe. Quelques instants plus tard, Amset se posa en douceur sur le poignet emmailloté de sa maîtresse.

LEXIQUE
DIEUX DE L'ÉGYPTE
ANCIENNE

Apophis: Dans le mythe égyptien, le gigantesque serpent Apophis cherchait à annihiler le soleil Rê. Ennemi d'Osiris, Apophis était l'antithèse de la lumière, une incarnation des forces du chaos et du mal.

Bastet: Aucune déesse n'était aussi populaire que Bastet. Originellement, Bastet était une déesse-lionne. Elle abandonna toutefois sa férocité pour devenir une déesse à tête de chat. Si le lion était surtout associé au pouvoir et à la royauté, on considérait le chat comme l'incarnation d'un esprit familier. Il était présent dans les plus modestes demeures et c'est sans doute ce qui explique la popularité de Bastet. La déesse-chat, à l'instar de Sekhmet, était la fille du dieu-soleil Rê. Bastet annonçait la déesse grecque Artémis, divinité de la nature sauvage et de la chasse.

Bès: Dieu représenté sous l'aspect d'un nain difforme et barbu, possédant un visage grimaçant et effrayant. Bès était un dieu protecteur. Ses forces magiques éloignaient les dangers et les maladies.

Isis: Épouse d'Osiris et mère du dieu-faucon Horus. Isis permit la résurrection de son époux assassiné par Seth. Elle était l'image de la mère idéale. Déesse bénéfique et nourricière, de nombreuses effigies la représentent offrant le sein à son fils Horus.

Hathor: Déesse représentée sous la forme d'une vache ou sous son apparence humaine. Elle fut associée au dieu céleste et royal Horus. Sous l'aspect de nombreuses divinités, Hathor fut vénérée aux quatre coins de l'Égypte. Elle était la déesse de l'amour. Divinité nourricière et maternelle, on la considérait comme une protectrice des naissances et du renouveau. On lui attribuait aussi la joie, la danse et la musique. Hathor agissait également dans le royaume des Morts. Au moment de passer de vie à trépas, les gens souhaitaient que cette déesse les accompagne.

Horus: Dieu-faucon, fils d'Osiris et d'Isis, Horus était le dieu du ciel et l'incarnation de la royauté de droit divin. Successeur de son père, Horus représentait l'ordre universel, alors que Seth incarnait la force brutale et le chaos.

Osiris: La principale fonction d'Osiris était de régner sur le Monde inférieur. Dieu funéraire suprême et juge des morts, Osiris faisait partie des plus anciennes divinités égyptiennes. Il représentait la fertilité de la végétation et la fécondité. Il était ainsi l'opposé ou le complément de son frère Seth, divinité de la nuit et des déserts.

Ptah: Personnage au crâne rasé et enserré de bandelettes de lin blanc. On représentait Ptah par un potier. On vénérait ce dieu en tant qu'artisan du monde. Il était le souffle à l'origine de la vie. Cette divinité était principalement vénérée à Memphis.

Rê: Le dieu-soleil. Durant la majeure partie de l'histoire égyptienne, il fut la manifestation du dieu suprême. Peu à peu, il devint la divinité du soleil levant et de la lumière. Il réglait le cours des heures, des jours, des mois, des années et des saisons. Il apporta l'ordre dans l'univers et rendit la vie possible. Tout pharaon devenait un fils de Rê, et chaque défunt était désigné comme Rê durant son voyage vers l'Autre Monde.

Sekhmet: Son nom signifie «la Puissante». La déesse-lionne Sekhmet était une représentation de la déesse Hathor. Fille de Rê, elle était toujours présente aux côtés du pharaon durant ses batailles. Sekhmet envoyait aux hommes les guerres et les épidémies. Sous son aspect bénéfique, la déesse personnifiait la médecine et la chirurgie. Ses pouvoirs magiques lui permettaient de réaliser des guérisons miraculeuses.

Seth: Seth était la divinité des déserts, des ténèbres, des tempêtes et des orages. Dans le mythe osirien, il représentait le chaos et la force impétueuse. Il tua son frère Osiris et entama la lutte avec Horus. Malgré tout, il était considéré, à l'instar d'Horus, comme un protecteur du roi.

Sobek: Le dieu-crocodile, l'une des divinités les plus importantes du Nil. Par analogie avec le milieu naturel du crocodile, on l'associait à la fertilité. Vénéré sous son aspect purement animal ou sous l'aspect composite d'une figure humaine à tête de crocodile. On craignait Sobek, car il appartenait au royaume du dieu Seth. Le dieu-crocodile, une fois maîtrisé et apaisé, était un protecteur efficace du pharaon.

Thot : Dieu protecteur de l'écriture, Thot était le patron des scribes. Il était également la divinité de la médecine, de l'astronomie, des arts et de la magie. En tant que détenteur suprême de la connaissance, sa tâche consistait à diffuser le savoir. Il était représenté par un ibis, un oiseau échassier des régions chaudes.

PHARAONS

Djoser (2690-2670 av. J.-C.) : Second roi de la IIIe dynastie de l'Ancien Empire. Son règne fut brillant et dynamique. Il fit ériger un fabuleux complexe funéraire à Saqqarah où se dresse encore, de nos jours, la célèbre pyramide à degrés construite par l'architecte Imhotep.

Khéops (aux alentours de 2604 à 2581 av. J.-C.) : Deuxième roi de la IVe dynastie, il fut surnommé Khéops le Cruel. Il fit construire la première et la plus grande des trois pyramides de Gizeh. La littérature du Moyen Empire le dépeint comme un souverain sanguinaire et arrogant. De très récentes études tendent à prouver qu'il est le bâtisseur du grand sphinx de Gizeh que l'on attribuait auparavant à son fils Khéphren.

Djedefrê (de 2581 à 2572 av. J.-C.) : Ce fils de Khéops est presque inconnu. Il a édifié une pyramide à Abou Roach, au nord de Gizeh, mais il n'en reste presque rien. Probablement que son court règne ne lui aura pas permis d'achever son projet.

Khéphren (de 2572 à 2546 av. J.-C.) : Successeur de Djedefrê, ce pharaon était l'un des fils de Khéops et le bâtisseur de la deuxième pyramide du plateau de Gizeh. Il eut un règne prospère et paisible. La tradition rapportée par Hérodote désigne ce roi comme le digne successeur de son père, un pharaon tyrannique. Cependant, dans les sources égyptiennes, rien ne confirme cette théorie.

Bichéris (Baka) (de 2546 à 2539 av. J.-C.) : L'un des fils de Djedefrê. Il n'a régné que peu de temps entre Khéphren et Mykérinos. Il entreprit la construction d'une grande pyramide à Zaouiet el-Aryan. On ne sait presque rien de lui. L'auteur de *Leonis* lui a décerné le rôle d'un roi déchu qui voue un culte à Apophis. La personnalité maléfique de Baka n'est que pure fiction.

Mykérinos (2539-2511 av. J.-C.) : Souverain de la IVe dynastie de l'Ancien Empire. Fils de Khéphren, son règne fut paisible. Sa légitimité fut peut-être mise en cause par des aspirants qui régnèrent parallèlement avant qu'il ne parvienne à s'imposer. D'après les propos recueillis par l'historien Hérodote, Mykérinos fut un roi pieux, juste et bon qui n'approuvait pas la rigidité de ses prédécesseurs. Une inscription provenant de lui stipule: «Sa Majesté veut qu'aucun homme ne soit pris au travail forcé, mais que chacun travaille à sa satisfaction.» Son règne fut marqué par l'érection de la troisième pyramide du plateau de Gizeh. Mykérinos était particulièrement épris de sa grande épouse Khamerernebty. Celle-ci lui donna un enfant unique qui mourut très jeune. Selon Hérodote, il s'agissait d'une fille, mais certains égyptologues prétendent que c'était un garçon. On ne connaîtra sans doute jamais le nom de cet enfant. La princesse Esa que rencontre Leonis est un personnage fictif.

Chepseskaf (2511-2506 av. J.-C.): Ce fils de Mykérinos et d'une reine secondaire fut le dernier pharaon de la IVᵉ dynastie. Pour la construction de son tombeau, il renonça à la forme pyramidale et fit édifier, à Saqqarah, sa colossale sépulture en forme de sarcophage.

Transcontinental
IMPRESSION
IMPRIMERIE GAGNÉ